OBSESIVO

AGENTES DEL FBI JULIA STEIN Y HANS FREEMAN Nº 8

RAÚL GARBANTES

Página web del autor:
www.raulgarbantes.com

amazon.com/author/raulgarbantes
goodreads.com/raulgarbantes
instagram.com/raulgarbantes
facebook.com/autorraulgarbantes
x.com/rgarbantes

Obtén una copia digital **GRATIS** de *Miedo en los ojos* y mantente informado sobre futuras publicaciones de Raúl Garbantes. Suscríbete en este enlace: https://raulgarbantes.com/miedogratis

PARTE I

1

LA HOJA del hacha brilló con el movimiento. El carácter que la persona imprimía al arma reflejaba su propia determinación. La víctima cerró los ojos y los sintió húmedos. Después para ella todo acabó. La hoja cortó su cuello. La persona dejó el hacha a un lado y al hacerlo pareció también dejar la violencia, el salvajismo. Ahora actuaría de una manera más sutil.

Vio la cabeza separada del cuerpo, por completo. Se sorprendió de su propia fuerza y se dijo que debía grabarse esa imagen porque sería irrepetible. Aunque luego volviera a asesinar, no resultaría de la misma forma; la víctima sería otra, el lugar diferente, y la esencia —que era lo importante— también sería distinta.

Con las manos enguantadas, tomó la cabeza y la colocó dentro de un baúl que había traído consigo. Tenía el tamaño exacto para que una cabeza humana cupiera. Todo estaba meticulosamente planificado. Además, parecía un baúl antiguo, aunque no lo era: negro y repujado. Dejó la tapa del baúl abierta y lo situó muy cerca del resto del cuerpo de la víctima. Luego, dio unos pasos hacia atrás y observó su obra.

Inspiró y luego dio unos pasos en dirección a una terraza. Allí alguien aguardaba su final, y lo sabía.

Una mujer atada de pies y manos, amordazada, vio a esta persona caminar hacia ella. Sus ojos se agrandaron, también sus pupilas. Los latidos de su corazón se aceleraron. La mujer no comprendía lo que sucedía. Parecía una pesadilla.

La persona tomó un objeto que había dispuesto cerca de su segunda víctima. Era sólido, pesado.

Golpeó su cabeza para dejarla inconsciente y luego la desvistió. De uno de sus bolsillos sacó una navaja y la desenfundó. Comenzó a hacerle heridas no tan profundas en toda la superficie del cuerpo desnudo, comenzando por los pies y terminando por el cuello y los hombros. La sangre no brotaba como hubiese esperado. Movió la cabeza de un lado a otro en señal de decepción.

Cuando estuvo más o menos conforme con su obra, buscó otra de las armas que había dejado cerca del objeto con el que la golpeó. Empuñándola, la hirió de muerte en el corazón. Otra vez el salvajismo tomaba el control, pero solo para propinar la herida mortal. En ese momento, no se podía flaquear. Era el problema de muchos, a su juicio: cuando se debía decidir algo trascendental, entonces se echaban atrás, se acobardaban. Pero no era su caso. Sabía muy bien lo que quería.

Clavó la hoja del cuchillo en el corazón de su segunda víctima. Murió.

Después buscó el hacha que había dejado en el salón y con él cercenó el pie derecho de la segunda víctima a la altura del tobillo. Dejó la parte mutilada cerca del resto del cuerpo. Se alejó para ver su obra y le pareció bien. Sin embargo, se dijo que se había imaginado la escena un poco más «roja». Luego se dijo que eso era solo una fantasía infantil, tal vez.

Entonces, sacó de uno de los bolsillos un dátil y lo dejó junto al pie de su víctima. Se dirigió al salón y luego giró hacia la cocina. Sobre la mesa había una pequeña jaula. Dentro de ella había un ave, una que aleteaba asustada. Sus alas chocaban con las paredes de la jaula y hacían un sonido singular.

«El sonido de la vida», se dijo.

«Así, tan alocado, tan inútil», completó.

—Por mucho que te muevas, no saldrás de allí si yo no lo deseo —dijo en voz alta.

Hablaba con una paloma blanca.

Abrió la puerta y el animal voló en la estancia. Pretendía escapar, pero la persona había cerrado la puertaventana que conducía a la terraza.

Dejó de mirar a la paloma y echó un vistazo alrededor. Sobre la mesa del comedor había una pequeña copa dorada, más dátiles y un mantel de factura muy fina. Todo eso lo había llevado allí esa persona porque era importante para ella. Se sintió complacida.

Tomó la jaula y en ella guardó las armas que había utilizado. Se internó en el bosque colindante con la terraza. Dejó la jaula un momento al pie de un árbol y tomó un zapato que había dejado allí, previendo ese momento. Era uno del número cuarenta y tres.

Lo apoyó sobre la tierra, cuidando que la huella quedara bien demarcada, y además la colocó bajo las ramas tupidas de un pino. No quería que la lluvia, si caía, la borrara. Después hizo algo insólito. Tomó otro zapato, este era del número cuarenta y cuatro, que también había tenido la previsión de llevar, e imprimió una huella, aunque parcial, en otro lugar. Esta no se veía tan clara como la primera.

Tomó los dos zapatos y los metió dentro de la jaula y comenzó a caminar. Entonces sonrió. Casi olvidaba algo que debía hacer. Sacó de un bolsillo una pequeña bolsa plástica; la abrió y dejó caer un condón usado. Volteó y miró la casa donde yacían sus dos víctimas. Desde ese lugar del bosque aún podía verse.

La persona continuó su camino hacia el lugar oculto donde había estacionado el coche.

2

YA HABÍA LLEGADO al final del camino. Desde allí podía ver la ciudad. Mis pulmones se habían llenado de aire, mi corazón latía a buen ritmo. El entrenamiento estaba dando sus frutos. Había corrido por el sendero junto a los árboles hasta completar los 10 kilómetros. No estaba mal para alguien que había adoptado la práctica de correr en la montaña desde hacía relativamente poco. Con el tiempo, había comprendido que el ejercicio físico era mucho más placentero que el mental, relacionado con mi antigua afición de lanzar dardos en el salón de casa.

Aquella mañana escuchaba *Lost on You* de la cantante LP. Nada más acorde a lo que sentía. ¿Cuántas cosas había perdido de mi vida por permanecer «dentro» de Hans Freeman? Muchas, todas.

Recuerdo que en ese momento miré la rama de un pino pequeño que estaba muy cerca de mi pie. La rama con la brisa se movía hacia mí, me rozaba, pero no podía separarse del resto. No sé por qué pensaba que quería hacerlo. En realidad sí lo sé; se trataba de una transferencia psicológica.

Lo había estudiado. Era yo la que deseaba liberarse de Hans de una vez por todas. Si continuaba trabajando con él, no podría hacerlo. Por eso estaba considerando pedir cambio de oficina en el FBI. Sabía que eso iba a influir en mi carrera porque la sede de Washington D.C. es de las más importantes del país y mucha gente quería trabajar en ella. Era un despropósito salir de allí. Pero ya el asunto con Hans era insostenible. Él era lo bastante cobarde como para dejar las cosas frías e inconclusas entre nosotros. No se atrevía a dar un paso más. Aunque yo lo diera, estaba segura de que me rechazaría. Así que todo estaba perdido entre nosotros.

Olvidé la rama y miré el paisaje, allí al final del sendero podía verse la ciudad y los picos de las montañas al norte.

Era hermoso. Un nuevo comienzo. Eso era lo que quería. Tal vez en esa ciudad que ahora admiraba. Por algo había decidido tomar mis vacaciones allí. El lugar me atraía. Era diferente a los sitios donde había vivido, y tal vez yo también podría ser diferente en él.

Aspiré el aire puro y me dije que al volver pediría el traslado. Lo decidí. Hans era un hombre quemado, seco. ¡Como si no deseara procurar su propia felicidad! Un gran cobarde con el que no valía la pena perder el tiempo.

No me gustaba sentirme resentida. Yo no era así. Me gustaba pensar en mí como una persona optimista, una que había sabido sobreponerse a muchas cosas, a la violencia desde niña por ejemplo. Porque así fue. Alguien que había sabido recomponer la relación con su madre, y que ahora la veía feliz con su nuevo compañero y lo agradecía. Ya la sombra de Richard, mi hermano que durante años había eclipsado a mi familia, y la violencia de mi primer novio formaban parte de algo que había sabido superar.

Inspiré la pureza del aire, de nuevo. Y volteé. Era hora de emprender el camino de regreso.

Entonces, me pareció escuchar un ruido muy cerca.

Comencé a correr, pero volví a pensar en Hans sin quererlo. Me dije que era como si aún estuviese castigándose por algo. Por lo que le sucedió con ese otro chico… porque formó parte del *bullying* constante y de un ataque, junto con un joven delincuente. Me lo contó. También sabía que un familiar de Hans había sido un asesino en serie. ¿Se estaría culpando de algo de nuevo?

Eso me preguntaba. ¿Por qué no podía olvidarme de Hans de una vez por todas?

En ese momento, sonó mi móvil. Lo llevaba en el brazo. Lo tomé. Era una llamada de Washington.

Debía acortar mis vacaciones. Había un caso complejo y nos necesitaban a Hans y a mí de vuelta esa misma noche. Justo cuando ya había decidido que no lo volvería a ver…

3

LLEGUÉ a la sede del FBI en Washington, al número 934 de la avenida Pensilvania.

Por alguna razón, me fijé en el Hard Rock, que estaba cruzando la calle.

Entraban personas despreocupadas; vi a un grupo de chicos jóvenes riendo. Recordé a Tim Richmond. Había muerto la misma noche que celebrábamos allí, en el Hard Rock. Era mi compañero de trabajo y estaba feliz por haber sido admitido en el Buró. No sabía por qué, después de tanto tiempo, ahora recordaba de nuevo a Tim. Tal vez porque mi subconsciente en realidad se estaba despidiendo de la oficina, de Washington, de todo. Como cuando uno comienza a recordar las cosas de repente, para luego intentar olvidarlas de una vez.

Eran las siete de la noche del 19 de octubre. Sentía como una sensación de inquietud, de que algo inesperado de repente pasaría.

Conduje el coche al *parking*. Una vez aparcado, y antes de bajarme, miré mi reflejo en el espejo. Me había hecho bien la montaña. Había cogido algo de color. Sentía como si todo aquel aire puro y el hermoso paisaje que de alguna forma me pertenecían (que pertenecían a la nueva Julia que quería renacer) se hubiesen quedado reflejados en mi rostro. Pensaba resolver el caso lo más rápido posible y volver…

No me habían adelantado ninguna información sobre lo ocurrido. Había un nuevo jefe en la oficina. Se trataba de una mujer, Marianne Thousend. No la conocía aún en persona, pero había escuchado en los pasillos y en palabras de Rob Stonor, el coordinador del equipo de especialistas en ciberdelito, que había llegado con ganas de cambiarlo todo. Así que pensé que tal vez el hecho de no haberme adelantado nada antes de mi llegada obedecía a nuevos protocolos de información que Thousend estaba poniendo en marcha.

Bajé del coche y caminé hacia la breve escalera que me conducía al ascensor.

Una vez dentro de la cabina, pulsé el número cuatro. El aparato se detuvo en la primera planta y abrió sus puertas. Antes de ver quién lo había llamado, lo adiviné. Hans prefería llegar a la oficina andando, y no en coche. Últimamente prefería no conducir. Además, decía que caminar le ayudaba a pensar. Semanas atrás lo escuché diciéndolo a alguien.

El hecho es que allí estaba, frente a mí al abrirse las puertas.

—Hola, Julia. Te han cortado tus vacaciones —dijo.

—Hola. Así es. Ya me las cobraré —le respondí.

Volví a pulsar el número cuatro. Me invadió el olor a lima de Hans. Desde que lo conocí, lo percibí. Nunca le pregunté el nombre de su perfume. Pensé que quizás nunca lo supiera.

Lo miré a los ojos. Él me miraba de una forma diferente.

—Tengo que decirte algo importante…

Por un segundo, se me ocurrió que por fin pondría

remedio a lo nuestro. Que se atrevería a aclarar que me quería y que sabía que yo también a él.

—Más que importante. Trascendental.

Sus ojos brillaban: lo que fuera que iba a decirme le resultaba costoso hacerlo. Como si contuviera una emoción, como si intentara que no se desbordara.

—He pensado dedicarme a la escritura y a la formación. Tengo una buena oferta de los ingleses. En Scotland Yard. Desean darle prioridad a algunos departamentos y uno de ellos es para mí, si acepto. Este sería mi último caso aquí en Washington.

En ese momento, se abrieron las puertas del ascensor. Algo al mismo tiempo se fracturó dentro de mí.

4

UNAS PALABRAS IBAN A SALIR de mi boca, sin pensarlas bien.

«Eres un cobarde».

Pero me quedé en silencio. Antes de que pudiera encajar bien el golpe que Hans acababa de darme, vi que una mujer de unos cincuenta años nos esperaba, allí junto al ascensor.

Apenas salimos de la cabina, se presentó.

—Soy Marianne, agente Stein. No nos habíamos conocido personalmente. ¿Cómo estás, Hans? Nosotros sí que nos conocemos —me aclaró cuando estrechaba la mano de él después de haber estrechado la mía.

Era de baja estatura y delgada. Vestía pantalón negro y blusa blanca. Su pelo rubio era largo, pero iba recogido en una cola atrás. La frente limpia, sin flequillo. Su rostro anguloso y sus ojos pequeños.

Noté dos cosas al conocer a la nueva jefa: una pequeña cicatriz sobre la ceja derecha y que la blusa que lucía estaba hecha a medida, con una tela finísima y una confección aún más fina.

Me dije que pretendía dar una imagen de sencillez y

funcionabilidad, pero que le agradaba la clase y el estatus. Además, vi el brillo de dos diminutos diamantes en sus orejas. No me equivocaba.

—Jefa Thousend —respondió Hans.

—Vengan de inmediato a la sala de reuniones. No hay tiempo que perder. Lamento haber interrumpido sus vacaciones, Julia. Pero el caso lo amerita. No podía confiarlo a nadie más, sino a ustedes dos —manifestó.

Sentí curiosidad.

«¿Por qué no iba a poder confiarlo a nadie más?».

Thousend comenzó a caminar delante de nosotros, con paso decidido. Me fijé en sus pantorrillas: perfectas, curvas y tonificadas; llevaba medias finas. Caminamos hasta el final del corredor. Me sentí observada. Miré a un lado, a uno de los cubículos que se encontraban del lado izquierdo, y vi a un hombre observándome. Alto y moreno, atractivo. Me miraba con curiosidad. Estaba sentado frente a un ordenador. Antes no lo había visto. Ocupaba un espacio de trabajo que quedó vacante porque uno de los agentes había sido trasladado al sur de la Florida. Supuse que este sujeto era su reemplazo.

Me pareció que Hans también se dio cuenta de que el hombre se había interesado en nuestro paso.

Llegamos a la sala de reuniones. Una vez adentro, la jefa Thousend cerró la puerta y nos pidió tomar asiento. Ella también lo hizo en la cabecera de la mesa.

—Puede que un asesino que se nos ha escapado haya vuelto a actuar.

«¿De qué asesino habla?».

—Los agentes que seguían el caso hace dos años están en otra cosa. Además, hay una información que hace pensar que ustedes son los adecuados para atraparlo.

5

ME QUEDÉ DE UNA PIEZA. Qué diablos significaba eso de «ustedes».

—Seguimos ahora la línea de investigación que plantea que lo sucedido ha sido obra del mismo asesino que hace dos años acabó con la vida de Liam Gardner y de Alika Shepard.

Recordaba los casos. Hans y yo en ese momento investigábamos algo en Miami, pero estos fueron muy mediáticos. Liam Gardner era el hijo heredero de Hugh Gardner, un hombre conocido por sus propiedades de hoteles y moteles baratos construidos en la Costa Oeste y en el corazón del país. Eran hoteles de carretera. Liam fue hallado en una de las habitaciones de uno de estos hoteles, ubicado en la vía en algún lugar de Kansas cerca de Oklahoma. El caso fue muy sonado por la escena: Liam fue asesinado a golpes con un bate de béisbol que el asesino dejó junto a su cadáver. También se encontró a su perro muerto a su lado, ambos sobre una alfombra que no formaba parte del decorado de la habitación.

Recuerdo que se dijo que había sido un ajuste de cuentas

contra el padre por haber participado en negocios turbios. También se decía que habría sido su propio padre quien mandó matarlo de esa forma porque su hijo era un «bueno para nada», y quien en realidad tomó las riendas del negocio familiar había sido su hija menor, Emma Gardner. Ella estaba siendo investigada por asuntos de Hacienda. En realidad, nunca se supo quién mató a Liam Gardner.

El caso de Alika Shepard también quedó sin resolución. A ella la asesinaron en Conway, Arkansas. Tenía dieciocho o diecisiete años. Vivía con su madre. Nadie comprendió ese asesinato. Según las personas que la conocían, era imposible que Alika se hubiese mezclado con personas peligrosas. La encontraron en casa, su madre había viajado en esos días. La hallaron en la cama, tendida en un baño de sangre. Murió a acuchilladas. No sabía nada más de ese caso.

Ni siquiera sabía que ambos crímenes estaban relacionados. Solo que ocurrieron para las mismas fechas.

—¿Quién murió ahora? —preguntó Hans.

—Han asesinado a dos mujeres: a Olimpia Brannik y su ayudante de casa, Mary Scott, en Virginia. Las han hallado hoy en la cabaña de montaña de los Brannik, a dos horas de la ciudad, en el condado de Rockingham. Aún la noticia no ha trascendido porque nos hemos esforzado en ello, pero lo hará de un momento a otro. La soledad del lugar también ayudó.

Hizo una pausa.

—¿Cómo murieron? —pregunté.

—Es complejo. La escena es muy compleja —me respondió—. Múltiples heridas con objetos punzantes, además de amputaciones. Les dejaré el informe levantado hasta ahora. Les pido que vayan a la escena. Hay un coche esperando abajo. Ya han levantado los cuerpos y recogido los objetos de interés, pero han conservado la escena tal como la encontraron.

—¿Quién las encontró? —Quiso saber Hans.

—Unos montañistas. En la terraza estaba el cuerpo de Mary Scott. Noté un tono en su voz que me decía que ya Thousend había visto las fotos del cadáver y también sentido compasión por esa víctima.

En ese momento, me pregunté otra vez por qué «nosotros».

—Usted, Hans, ha enviado un documento al Buró en el cual, al ser consultado en su momento por los crímenes de Liam Gardner y de Alika Shepard, manifestaba que consideraba que se trataba del mismo asesino. Argumentaba que la mente criminal tras esos hechos era la misma. Lo llamó «asesinatos de *cliffhanger*».

—Así es —respondió Hans.

Yo no sabía nada de eso.

—En ese momento, nadie apostaba porque hubiese una relación entre ellos. Y de hecho, su opinión no fue considerada que debió serla, en mi opinión. He leído su informe. Según su parecer, en ambos asesinatos había cosas inexplicables, o mejor dicho, que debían explicarse bajo un «contexto diferente que hasta ese momento resultaba desconocido». También planteaba que se debía destinar esfuerzos con psicólogos forenses para comprender mejor la personalidad de las víctimas.

Hans asintió.

—El hecho es que el informe de los agentes que fueron a la escena está lleno de esos «elementos extraños al contexto» que usted resaltaba. Deseo que vayan a la escena y espero un reporte mañana. Si se trata del mismo hombre, a su parecer, les asignaré el caso —dijo y luego me miró como intentando hacerse una idea sobre mí. Ya yo me la había hecho sobre ella:

capaz, estricta, competitiva, con orientación al éxito y estatus, y valoraba las opiniones de Hans.

—¿Alguna cosa más? —preguntó.

Pero en realidad no era una pregunta. En ese momento se levantaba de la silla. Ya había dado por terminada la reunión.

6

Marianne Thousend salió de la sala. Sobre la mesa dejó varias carpetas.

—Se trata de que la alfombra donde hallaron a Liam Gardner y a su perro no formaba parte del mobiliario de la habitación. ¿Por qué el asesino llevaría consigo una alfombra para dejarla en la escena del crimen? La escena de Alika Shepard también contaba con un elemento descontextualizado —afirmó Hans.

—¿Cuál? —Quise saber.

—Un pequeño macetero con una flor blanca. En ese caso, su madre dijo que podía haber sido comprado por Alika, o que tal vez alguien se lo había regalado. Pero eso no pudo determinarse. A Alika le propinaron más de veinte heridas. La dejaron sobre la cama. Además, junto a su cuerpo, dejaron revistas pornográficas con páginas abiertas. En ese momento pensé que el asesino deseaba establecer una dicotomía entre lo que era Alika y lo que eran las mujeres que aparecían en la revista.

—Ella, la pureza; y ellas, la corrupción —anticipé.

—Exacto.

—Las flores blancas son símbolo de pureza —recalqué.

—Sí. Eso pensé. Estoy seguro de que fueron puestas allí por el asesino. Nadie vio ni oyó nada. Los Shepard vivían en una zona residencial tranquila, no un barrio con movimiento. Eso jugó a favor del asesino. Esa casa, la de Amelia Shepard, era la típica casa silenciosa en donde se crían los hijos únicos de padres o madres muy mayores. Amelia Shepard tenía casi cuarenta años cuando dio a luz a Alika. Fue un embarazo de alto riesgo y la chica de pequeña era enfermiza.

—Pues el mundo de Alika no parece tener nada que ver con el de Liam Gardner —argumenté.

—Y justamente por eso, y por la recurrencia de objetos descontextualizados, me llevaba a pensar que había un asesino, de género masculino a mi juicio, que había asesinado a Liam, primero, y luego a Alika, no en la misma ciudad ni de la misma forma, para que no se intentara una línea de investigación que los considerara relacionados.

—Pero lo único que te lleva a decir que se trata de la misma persona es lo de los objetos descontextualizados —señalé.

La verdad no encontraba lo suficiente para considerar la relación entre los asesinatos. Yo también hubiese actuado como los jefes que recibieron el documento de Hans.

—Lo sé. Insisto en que estamos ante un hombre, o tal vez sea una mujer, que ha sabido asesinar dejando un mensaje sutil; esos objetos, que no sé a qué obedecen. Por eso hablé de un *cliffhanger*. Era como si nos dijera «esto no es todo, quédense aquí con la intriga y luego lo comprenderán».

7

TOMAMOS las carpetas que la jefa Thousend había dejado sobre la mesa. Por duplicado se mostraba el reporte inicial de los agentes policiales, del cuerpo forense y los del FBI que acudieron a la escena de los asesinatos de Olimpia Brannik y Mary Scott.

Hans y yo nos tomamos el tiempo suficiente para comprender, a través de aquellas líneas, lo que había sucedido en la cabaña de Rockingham.

Lo primero que vi, y que siempre me impactaba sobremanera, fue la foto en vida de la víctima; de Olimpia Brannik.

Era una mujer de unos cincuenta años. Sonreía. Mostraba una dentadura blanca, reluciente, tal vez demasiado, con ese tono poco natural que algunas personas lucen. El óvalo de su cara estaba definido. Pensé que Olimpia Brannik había recurrido a cirugías estéticas. Su pelo mostraba un tono cobrizo con destellos más claros. Sus ojos eran pequeños, alargados.

Aparté la vista de la fotografía y comencé a leer el reporte.

Olimpia murió decapitada. ¿El asesino odiaba su cabeza? ¿Su inteligencia? ¿O su culto a la belleza?

El asesino dejó la cabeza de la víctima en el interior de un cofre abierto, cerca del resto del cuerpo. Un cofre de cuero repujado con figuras de colibríes y flores.

Si odiaba la forma de pensar de Olimpia, ¿por qué metería su cabeza en un cofre? Lo que se atesora o se quiere conservar se guardaba, en siglos pasados, en cofres. No eran los objetos poco valorados ni los deshechos. Entonces, tal vez el asesino quería decir que el pensamiento de Olimpia era valioso.

¿Por qué la mataría? ¿Quería erradicar el valor de Olimpia por alguna razón? ¿Para castigar al entorno, para que notaran la diferencia de la vida sin Olimpia?

Continué leyendo.

Olimpia Brannik era una empresaria de la moda deportiva. Su marido era el gerente de la empresa. No se encontraba en Rockingham a la hora del asesinato, que fue entre las diez y las doce de la noche del 18

de octubre. Lynn Brannik tenía que ser sacado del radar de las sospechas; se hallaba con más de veinte personas en una cena en Washington.

Mary Scott era una mujer de veintidós años. Estaba al servicio de los Brannik como ayudante de casa desde hacía tres años.

La foto de Mary Scott mostraba a una mujer que no acostumbraba a sonreír en las fotografías. Su sonrisa se notaba forzada. Tenía la cara delgada, llevaba el pelo suelto, negro. Miraba con los ojos muy abiertos.

Mary Scott fue asesinada de otra manera. El cadáver mostraba una fuerte contusión en la cabeza, además de varias heridas de arma blanca en todo su cuerpo. Cincuenta heridas de distinta profundidad. Una herida mortal en el corazón. Luego, *post mortem*, el asesino cercenó su pie derecho a la altura del tobillo.

¿Por qué tantas heridas para Mary? ¿La menospreciaba por pertenecer a una clase trabajadora? También la había desvestido antes de herirla. Deseaba ver su cuerpo desnudo. A Olimpia no la desvistió.

Había una gran diferencia en el tratamiento del asesino para con las dos mujeres.

A Mary la había desnudado, herido mucho más. Parecía querer borrar lo que ella era, lo que era su cuerpo. Era un cuerpo más joven que el de Olimpia. La atención en el caso de Olimpia, el asesino quería poner la atención en la cabeza, en el pensamiento, puede que en su inteligencia. En cambio, el énfasis en el caso de Mary era su cuerpo, su piel, su corazón, sus ¿sentimientos?

¿Y por qué cortarle el pie derecho?

Levantarse con el pie izquierdo era signo de mala fortuna, de contrariedad, de mal genio. Pero el pie derecho, ¿qué significaba?

En la escena, según el reporte, se habían encontrado varios elementos de interés.

Un dátil junto al pie de Mary Scott. Unos más en la mesa del comedor. No se hallaron más dátiles ni en la despensa, ni en el cesto de basura, ni en el estómago de Mary o de Olimpia.

Allí estaba el elemento fuera de contexto.

El *cliffhanger* que Hans había descrito en las otras muertes.

¿Era en verdad el mismo asesino?

8

No SOLO ESTABA el asunto de los dátiles.

Encontraron en la cabaña una paloma blanca viva, una copa dorada junto a los dátiles y un mantel que Lynn Brannik no reconocía.

¿Para qué llevar esos objetos y esa paloma a aquel lugar?

Por otro lado, en el bosque cercano a la cabaña se encontró una huella. Era una de número cuarenta y tres. Junto al lugar donde se tomó la huella del zapato también se había registrado una marca de un objeto de unas dimensiones de 30 centímetros por 30 centímetros. Las marcas formaban en un cuadrado.

También se halló un condón usado. El ADN aún no había sido identificado. No estaba registrado en ninguna de las bases de datos del sistema policial.

Terminé de leer y de mirar las fotografías del reporte de la escena.

Cerré la carpeta.

Miré a Hans.

—Esto no me gusta, Julia —dijo él. Ya había terminado de leer antes que yo y me estaba mirando.

—¿Qué piensas? —le pregunté.

—Demasiados objetos descontextualizados. El dátil, la paloma, la copa dorada, el mantel. Es que debe haber una conexión, una explicación de por qué dejó esos objetos y no otros, pero no lo veo. Además, no ha dejado ninguna prueba útil en la escena del crimen, ni en el interior de la cabaña ni en la terraza, pero en el bosque se deja una huella, donde a todas luces creo que descansó algo, tal vez una caja de herramientas donde guardó el hacha con que mató a Olimpia, y otras cosas. Y luego ese condón. Allí en el bosque en medio de la nada. La carretera se encontraba a poca distancia, pero no es un lugar donde alguien en su sano juicio iría a tener relaciones sexuales. Y tampoco creo que sea del asesino. Creo que lo puso allí el asesino... —dijo Hans y luego pareció pensar en algo más que no me contó.

—Crees que la huella y el condón son pistas falsas. Y que los objetos descontextualizados nos hablan de cosas que no comprendemos —resumí.

Él asintió con pesar. También como si me agradeciera que en pocas palabras ordenara sus pensamientos.

—Vamos a la cabaña. Puede que estando allá seamos capaces de ver algo más —le sugerí y me levanté con la carpeta en las manos.

En ese momento, pensé que debíamos darlo todo. Tal vez fuese nuestro último caso juntos. Hans se iría a Londres. Yo ya podría quedarme en Washington.

En ese momento, la idea de irme a otra ciudad en la montaña adquirió la justa dimensión de lo que en realidad era: un escape, algo que en verdad no quería. Pensé que algunas veces, cuando no vemos la solución a un problema, nos encandilamos con algún escape y le atribuimos cualidades ilusorias a esa decisión. Pero lo que quería era continuar en Washington y procurarme una carrera en el **FBI** llena de aciertos. Atrapar a los malos con inteligencia. Ganarles.

—¿Qué piensas, Julia? Te noto diferente —me preguntó Hans.

—No es nada. Solo que estuve a punto de decidir mal —respondí.

9

AFUERA NOS AGUARDABA el coche que Thousend había dispuesto.

Lo conducía un hombre al que no había visto antes. Su nombre era Daley Whelan.

Al cruzar el río Potomac, tomamos la autopista sesenta y seis.

Hans estaba callado. Su móvil sonó. Llegó un mensaje. Lo miró y respondió.

¿Quién le escribía a Hans a las doce de la noche?

Cerré los ojos y me tumbé hacia atrás.

Estaba cansada. Me dije que era mejor dormir un poco. Así tendría la cabeza más despejada para enfrentar la escena del crimen.

Cuando desperté, ya nos hallábamos en las afueras de Timberville. Según Whelan, faltaban minutos para llegar.

Me pasé las manos por la cabeza. Moví un poco, hacia un lado y hacia el otro, mi cuello. Estaba tensa. Sin embargo, haber dormido me había sentado bien.

Llegamos a una bifurcación en donde nacía una carretera

más estrecha. Whelan tomó ese camino y luego, transcurridos unos cinco minutos internados en un bosque, llegamos a una cabaña. Allí se detuvo.

—Es aquí —confirmó Whelan.

Bajamos del coche.

Sentí la grava bajo mis zapatos.

Whelan se quedó en el vehículo.

Hans y yo entramos a la cabaña.

Podíamos tocarlo todo sin protección. Ya los forenses habían terminado su trabajo.

Encendimos las luces. Estábamos en un salón de piso y paredes de madera. Todas, menos una que mostraba un cristal de lado a lado. Desde allí podía verse el bosque circundante. Además, parte del techo también mostraba un tragaluz desde donde pude ver las copas de un pino cercano y la luna.

Era una cabaña de decoración moderna, con pocos elementos. Había una alfombra blanca y negra a cuadros, manchada con la sangre de Olimpia. De acuerdo con las fotos, pudimos comprender dónde estaba el baúl y dónde el cuerpo de ella.

Los dos miramos a la mesa blanca de una sola pieza en donde fueron halladas la pequeña copa dorada, el mantel y los dátiles, que ya la paloma se había comenzado a comer.

Pude ver algunas plumas del animal sobre el piso.

El resto del salón se hallaba en orden, nada fuera de lugar. Si no fuera por la mancha de sangre en la alfombra y el piso, y por las plumas, se diría que allí no había sucedido nada.

—¿Por qué una paloma? —pregunté en voz alta—. Debió traerla él. Son animales oportunistas, como las ratas y las gaviotas. Una vez que han aprendido a vivir en torno a las ciudades, no vuelven al campo. La gran mayoría de ellas viven en las urbes y se han acostumbrado a comer todo tipo de restos. En los pueblos comen granos, pero este paraje no califica como pueblo. No hay palomas por aquí. Por lo tanto, ese ejemplar lo trajo el asesino —afirmé.

—Creo lo mismo. Una paloma blanca, sabes lo que significa. La paz… —dijo Hans.

—¿La paz de quién? ¿De Olimpia? ¿Pensaba demasiado? ¿Algo la obsesionaba? ¿La belleza, el deporte, las ganancias? ¿O era la paz de Mary Scott, que al servicio de alguien como Olimpia había visto su vida empeñada junto a alguien muy exigente y que le demandaba demasiado, que la asfixiaba? —dije sin mucho convencimiento.

—Creo que la clave de este asesinato está en la relación entre las dos víctimas. El asesino debía saber que estarían solas en la cabaña. Si hubiese querido matar solo a una de ellas, creo que hubiese sido capaz de planificarlo de esa forma. Según el reporte, Mary Scott llegó primero a la cabaña para ponerla en condiciones. Hacía tiempo que no venían aquí.

Era cierto que ese dato estaba registrado en la declaración de Lynn Brannik. Yo no le había prestado mucha atención.

—Estoy seguro de que Olimpia Brannik podía estar sola durante horas en su piso de Washington. Su esposo viajó hace unos días a Nueva York. Mary Scott se tomó unos días libres porque su madre enfermó y viajó a Maryland. Así que, ¿por qué esperar a que estuviesen las dos aquí? ¿O es que el asesinato debía darse en este entorno boscoso? —reflexionó Hans.

Teníamos muchas dudas, muchas preguntas.

Salimos a la terraza.

Allí había manchas de sangre en el piso, que era de color miel.

El lugar manchado se hallaba cercano al borde. Luego comenzaba un recuadro con flores blancas y azuladas y arbustos cuidados, y luego el bosque se abría hasta la carretera. Aquel había sido el camino que el asesino tomó.

Hans y yo caminamos ese sendero que se perdía en el bosque.

Se trataba de un bosque de robles, fresnos y olmos. Aún algunas hojas no habían comenzado a caer y mostraban colores ennegrecidos.

Aquella noche había luna llena.

Los forenses dejaron para nosotros la señal donde habían encontrado la huella de número cuarenta y tres y la marca de lo que se presumía era una caja. También donde, unos pasos más allá, se había hallado el condón.

Fue cuando tuve el convencimiento de que la existencia de ese condón era una burla que el asesino había dejado a su paso.

Si él se hubiese excitado en ese momento y tenido la previsión de llevar un condón para no dejar su esperma, también habría tenido la previsión de llevárselo. Así, lo más seguro era que aquel condón no tuviese nada que ver con el asesino, sino que hubiese ido a parar allí por otra razón. Tal vez unos caminantes… Pero si lo dejó él allí, había sido con el único objeto de burlarse de nosotros.

Nos acercamos a ese lugar, a donde había aparecido el condón.

—¿Por qué aquí? ¿Por qué se quiso burlar de nosotros aquí? —se preguntó Hans.

Él pensaba lo mismo que yo.

Recordé algo que aprendí en Quantico. Algunas veces la soberbia de los asesinos los hace cometer errores. Entonces, comencé a buscar alrededor. Lo del condón había sido una extravagancia, una innecesaria burla.

Y solo por eso podía ser…

¡La vi!

Algo que el asesino no contaba que encontráramos.

10

HABÍA una huella parcial de una suela de zapato. No estaba tan clara como la otra.

Entonces lo comprendí.

Había dejado la otra huella para despistarnos; allí había descansado tal vez la jaula o la caja donde había llevado a la paloma. Y había impreso en la tierra, en un lugar poco provisto de maleza, una huella de calzado diferente a la suya.

Pero en ese lugar donde se detuvo a dejar el condón usado, que pudo haberlo sacado de algún callejón oscuro o de cualquier parte, había dejado la marca de su zapato.

Mostré la marca a Hans.

—Tienes razón, Julia. No se ve tan clara como la otra, pero es una huella de zapato. Los forenses no la vieron. Han caído hojas del árbol sobre ella. Tal vez se dejaron llevar por el primer hallazgo de la huella. De todas formas, cometieron un error —lamentó Hans.

Acto seguido, con mi móvil, tomé una fotografía de la marca poniendo una hoja a su lado, y luego guardé la hoja en el bolsillo de mi pantalón. Así, si por alguna razón la huella se borraba, tendríamos la dimensión.

Hans también tomó una foto.

Llamamos a la jefa Thousend. Pedíamos que fuese un equipo forense para registrar el lugar y tomar la impresión con los equipos necesarios. Debían vaciar la impresión de la tierra con los moldes de yeso y gelatina para eso.

No creíamos que algún forense hubiese sido tan poco precavido como para dejar la marca de sus propios zapatos. Creo que a ambos se nos pasó esa idea por la cabeza, pero la desechamos.

—Puede que hayas dado con algo, Julia. Quizás importante, sobre todo porque esta impresión no me parece común. Hay unas figuras que parecen ser decoraciones en el marco de la suela, hechas con diversas ruedas dentadas. Esto se hace en zapatos de vestir de marcas, sobre todo italianas, hechos a mano y muy costosos. Parece de un calzado masculino…

No sabía que Hans sabía tanto de zapatos. Comprendió mi sorpresa.

—Fátima, mi exnovia, sabía de estas cosas —me explicó y esbozó una breve sonrisa.

Recordé a Fátima. La conocí en la época en que conocí a Hans. Cuando mi vida dio un vuelco de ciento ochenta grados. Aquella mañana en el avión y con Hans sentado a mi lado…

Me dije que debía olvidar eso.

—El asesino usa zapatos costosos —resumí—. Y entonces, tenías razón. Es un hombre.

———

Salimos del bosque, andando hasta la carretera. No vimos ninguna otra cosa de interés. Luego volvimos a la cabaña, atravesamos la terraza, entramos por la puerta trasera y salimos por la delantera. Allí nos aguardaba Whelan para llevarnos de nuevo a Washington.

No quería llegar a casa. Hans tampoco. Pedimos a Whelan que nos dejara en la oficina.

Yo quería preguntar a Hans sobre el documento que la jefa Thousend había mencionado. Apenas estuvimos solos en el ascensor, lo hice.

—Fue lo que ella dijo; los elementos fuera de contexto me llamaron la atención —se limitó a explicar.

Otra vez un mensaje llegó a su móvil. Eran las tres de la mañana. Tenía que ser alguien con quien hubiera desarrollado una relación íntima o muy cercana. Tal vez alguien que le esperaba en casa.

—¿Cómo eran esas víctimas? ¿Cómo eran Liam Gardner y Alika Shepard? —pregunté, en parte porque me interesaba saberlo, en parte porque quería olvidar los mensajes de Hans.

Las puertas del ascensor se abrieron.

Fuimos a mi oficina. Nos sentamos.

Hans tocó su pelo, lo revolvió y luego puso su mano derecha en su cuello, moviendo la cabeza. La apartó y me respondió.

—Liam era un sujeto débil, siempre maltratado y menospreciado por su padre. Le gustaba apostar. Por eso consideraron la posibilidad de que su asesinato hubiese sido producto de una deuda de juego suya y ya no tanto como reprimenda por algún negocio turbio del padre debido a algún desacuerdo con algún pago por drogas no efectuado. Vicios está tras Gardner desde hace años, pero este se ha cuidado y no han podido atraparlo. El hecho es que, poco a poco, Liam fue apartado de la familia. Para no alejarlo por completo, lo hicieron supervisor de la cadena de moteles propiedad de Hugh Gardner. Fue en uno de ellos que lo asesinaron.

Asentí.

—Alika era una chica interesada en la música. Tocaba violín. Además estudiaba para hacerlo mejor. También era algo reservada. Como te he dicho, su madre era mayor. Nunca hubo un padre. El apellido de la chica era el de su madre.

—Y ahora Olimpia Brannik, alguien muy distinta a Alika y a Liam. Tal vez no se trate de algo conectado… —sugerí.

—¿Por qué has dado por hecho que con lo que debemos comparar los asesinatos pasados es con el asesinato de Olimpia Brannik y no con el de Mary Scott? —me preguntó.

Era cierto lo que decía. Tal vez el asesinato de Mary había sido el centro y Olimpia Brannik fuese una especie de complemento necesario en escena. Porque, tal como Hans había dicho, el asesino parecía necesitar la presencia de las dos. Si no, hubiese podido matar a cualquiera de ellas en soledad. Aunque también podía ser que deseara cometer los hechos en medio del bosque. Pero entonces volvíamos a lo mismo. Pudo haber matado a Mary antes de que llegara Olimpia. Pero no a Olimpia sola, ya que esta no estuvo en la cabaña del bosque en ningún momento sin su ayudante.

¿Y si Hans estaba equivocado y el objetivo era Olimpia y Mary era ese complemento necesario en escena para simbolizar algo que no comprendíamos?

Algo comenzó a removerse en mi cabeza cuando pensé eso, aunque en ese instante no supe dar con ello.

12

Estuvimos hasta el amanecer dando vueltas a las escenas de los asesinatos y mirando los reportes. También estableciendo un perfil de las víctimas con la información que Hans había levantado hacía dos años, tal como si fueran sus casos, y con la nueva que Thousend nos había dejado a disposición.

No avanzamos mucho. Las víctimas tenían distintas personalidades, diferentes entornos y nada en común. Así que continuábamos la línea de investigación que establecía que el asesino buscaba «tipos de personas» diferentes; que posiblemente no las conociera a fondo, sino que ellas encajaban en una tipología que se adecuaba a lo que él deseaba. De esto concluíamos que escarbar en el pasado de las víctimas para encontrar sospechosos tal vez no fuera la mejor idea.

—No era necesario conocer a Liam Gardner a profundidad para saber que era un sujeto con problemas de adicción al juego, un hombre que no había conseguido éxito y alguien apartado de las decisiones familiares. Cualquiera que hubiese hablado con algunos de los empleados de los moteles propiedad de los Gardner, o que conversara con algún periodista de la zona, lo hubiese sabido —expliqué a Hans.

—Y una persona con capacidad de observación pudo haber seguido a la chica, a Alika, un par de días y darse cuenta de que era alguien retraído, tímido, que de la academia de música iba a casa, que su madre era bastante mayor y que su vida era algo triste. Eso me pareció. Yo fui a su casa, hablé con su madre...

—No necesariamente porque solo convivas con tu madre y esta sea mayor que el promedio de las madres de las de tu edad, tu vida tiene que ser triste —manifesté.

—Lo sé. Pero en realidad el ambiente en casa de Alika era desolador. Estuve en su habitación y no había rastro de historia, amigos o vínculos. Era como si la chica no tuviese pasado. Sabes, Julia, la vida se trata de tejer una trama, de darle sentido a tus actos y deseos. Esa es la intención, la motivación desde donde surgen los afectos. Algunas personas son incapaces de construir vínculos, manejan una neutralidad afectiva asombrosa, y eso, tarde o temprano se vuelve en su contra. Es cuando te preguntas para qué diantres sigues vivo. Creo que Alika era así —me dijo.

—Puede que haya crecido solo en compañía de una madre muy callada, de alguna forma, una madre que no supo comunicarse con ella o darle afecto —consentí.

—Alika veía en la música una forma distinta de vivir. Y me pregunto cómo el asesino logró dar con ella teniendo tan escasa vida social. Yo mismo repasé las entrevistas que Lemon y Vidal-Cuadras, los investigadores del caso, hicieron en la academia, que era el lugar donde Alika pasaba más horas diarias. No hubo nadie desconocido ni rondando a Alika. Los investigadores comprobaron de forma adecuada las coartadas de quienes la conocían de la academia. Entonces...

—Crees que el asesino simplemente la observó unos días,

muy oculto. Tal vez unas horas y fue capaz en ese mínimo tiempo de convencerse de que Alika era la adecuada para el «tipo» de víctima que buscaba. Una chica solitaria, diferente, sin amigos. ¿Es eso?

—Sí. Es lo que he creído a medida que ha pasado el tiempo. Antes, cuando hice el informe, recomendé profundizar en la vida de las víctimas, pero ahora me doy cuenta de que a pesar de que esa es mi orientación casi siempre, esta vez no parece ser suficiente.

—Y también significa que el asesino sabe descifrar a las personas. O cree que lo hace bien —sugerí.

—Sí. Las revistas pornográficas en la cama de Alika son una revelación. Son las que me dicen que Alika era también como un producto para él, al igual que las revistas. La valoró como un símbolo, como un objeto de papel y tinta. Y fue por eso por lo que comencé a pensar, cuando vi la foto de la escena, de la cama de Alika junto a esas imágenes: ella es un objeto más, uno que debe simbolizar la pureza. Por eso las flores blancas —explicó.

—Y ahora los dátiles, la copa dorada, el mantel, la paloma, la cabeza dentro de un baúl. Antes las flores blancas y las revistas porno, el bate y la alfombra en el caso de Gardner. ¡Son demasiados símbolos! No parecen tener relación. Primero el bate y la alfombra, luego las flores y las revistas, luego lo demás. Quizás debamos pensar en el orden cronológico —propuse.

—Sí. Y buscar una relación entre ellos. Debe haber un patrón. Me desespera no encontrarlo. Daré a Stonor la fotografía de la huella que descubriste. Puede que eso nos conduzca a alguna parte. Creo que debemos descansar un par de horas, Julia. Podemos encontrarnos a las diez de nuevo. Además, debo buscar algo en casa de mi madre —confesó.

Nos despedimos.

Llegué a casa. Me di un baño caliente. Tomé café y comí una tostada.

Me vestí y me tomé un Tylenol. Me senté en el sofá del salón y comencé a repasar los objetos dejados en las escenas. Siempre llegaba al mismo punto: nada nos confirmaba que se tratara del mismo hombre y por eso quizás estábamos buscando una relación que podía no existir.

Hans me llamó.

Stonor tenía algo.

13

LA IMPRESIÓN de la huella del calzado resultó ser una buena pista de donde tirar.

Se trataba de un calzado de la marca Gaziano. Una de las más costosas del mercado, vendida solo en una tienda en Washington. Siempre cabía la posibilidad de que hubiesen sido comprados en otra ciudad o en otro país. Pero debíamos esperar tener algo de suerte.

Nos dirigimos a Chevy Chase, donde, entre las tiendas Tiffany & Co. y Carolina Herrera, se encontraba la tienda Gaziano.

Me encontré con Hans en la entrada del establecimiento.

Noté ojeras en su rostro. Supe que no había dormido nada. También me di cuenta de que sus labios estaban resecos. Noté una ruptura en el inferior. Una zona enrojecida. Estuve a punto de preguntarle si todo iba bien. No lo hice.

Hans tomó la delantera y lo vi rascar su barba descuidada al entrar en la tienda.

Un empleado joven que vestía traje negro se nos acercó.

—Buenos días. ¿Puedo ayudarlos en algo? ¿Buscan un calzado en especial?

Hans mostró su identificación. Yo hice lo mismo. La mirada de alarma y a la vez de algo de morbo del empleado no se hizo esperar.

—¡Vaya! Es primera vez que me pasa esto. Que nos visita alguno de ustedes. ¿Va bien conmigo o tendrán que hablar con el gerente?

—Creo que va bien contigo —respondió Hans.

Acto seguido, le mostró la huella en la fotografía.

El chico la miró unos instantes.

—Pues no lo sé. Sí que parece nuestra. Espere un momento —dijo, dio la vuelta y se fue.

Pensé que buscaría un ejemplar de calzado, pero lo que hizo fue buscar un catálogo de productos bastante voluminoso. Se había tomado su papel de colaborador muy en serio. Era de las personas que cuando orientan toda su atención en algo, arrugan la frente. Se puso de manera muy concienzuda a pasar página tras página del catálogo que había descansado sobre una especie de escritorio de altura que debía ser su lugar de trabajo o donde esperaba la llegada de clientes.

Hans y yo aguardábamos junto a un juego de muebles de cuero marrón. En una mesita de junto había varias tazas blancas con anillos dorados. A su lado, una cafetera Illy de cápsulas y una tetera. También una jarra de cristal fino llena de agua en la cual podían verse ruedas de pepino.

Hans miró hacia allá. Luego me miró a mí.

—¿Ya has tomado café?

Sonreí y asentí.

Él también sonrió.

—¡Lo tengo! —exclamó el chico.

Volteamos a mirarlo. No había nadie más en la tienda. Por eso, me dije que se había dado la licencia de hablar en voz más alta. El lugar guardaba esas formas que se perciben en sitios marcados por el estatus, en donde se debe hablar en voz muy baja y con mucha discreción. Parecía más la sala de un palacete que una tienda de zapatos.

En ese momento, una música sonó. Fue algo estridente. Parecía ópera *rock*. Era el móvil del chico. Reconocí la canción.

«Fantasma de la ópera, aquí estás, dentro de mí».

Me recordé a mí misma de chica, obnubilada por la historia truculenta de tragedia y obsesión del hombre de rostro deforme que vivía en las profundidades del Teatro de la Ópera de París.

—¿Qué tienes? —preguntó Hans y se acercó al chico y al catálogo.

—Querido, te llamo luego, ahora mismo estoy haciendo algo que no creerás cuando te lo cuente… —dijo el chico al atender la llamada y luego cortó—. Detective, o perdón, agente… no sé cómo se llaman ustedes… El hecho es que ese patrón que me ha enseñado solo puede ser el de este ejemplar. Totalmente cocido y pintado a mano…

Me acerqué a ellos. Hans y yo miramos lo que el chico decía. Estaba en lo cierto.

—Es el modelo A602784. Lo traeré —dijo, dio la vuelta y salió casi corriendo hacia la parte posterior y privada de la tienda.

Esperamos menos de un minuto. Cuando él volvió, traía una caja negra y dorada. La puso sobre el mostrador donde antes había evaluado las imágenes del catálogo y nos mostró un zapato.

Era marrón, brillante, clásico, con una costura en torno a la punta y otra cerca de los cordones. Era un objeto de perfecto acabado. Pero de pensar que uno igual llevaba el hombre que había cometido los asesinatos que conocía se tornaba en siniestro.

Hans lo miró y meditó.

—¿Has vendido cuántos este año? —preguntó.

—De este modelo, muy pocos. Es de la colección más costosa.

—¿Cuánto tiempo lleva la colección? —le pregunté.

—Un año. Se creó en otoño del año pasado. He vendido exactamente tres pares. Su precio es de 5200 dólares. Es una variante de uno de los modelos emblemáticos, el «Saint James I». Confeccionados con las mejores pieles y por manos artesanas, se hacen a medida. Por eso es por lo que aquí no ven exhibiciones de zapatos. Los clientes miran el catálogo, eligen y los mandamos a elaborar. Ese proceso dura tres meses.

—¿Quiénes lo han ordenado? —interrogó Hans.

—Tendría que mirar —respondió.

—¿Solo ese calzado deja esa impresión? —quise confirmar.

—Sí. Estoy completamente seguro. Se creó, como le digo, como la variante del Saint James I, que en su momento fue ideado para su majestad Carlos III. Todos los detalles debían ser únicos.

—¿Cuál es tu nombre? Perdona que no te lo hubiésemos preguntado —expresé.

—Antoine, agente.

—Bien, Antoine, es muy importante que nos des los nombres de las tres personas que ordenaron ejemplares de estos zapatos —dije.

—Claro, por supuesto —respondió.

Buscó en un ordenador portátil que había a un lado del mostrador. Miró allí y luego nos dijo:

—La primera fue una mujer llamada Elma Acroyd; los otros

fueron dos hombres, uno de alrededor de setenta años de apellido Fremont y otro cliente bastante llamativo, llamado Lorcan Cory. La mujer los pidió en diciembre del año pasado. Fremont en enero, el día diez, y Lorcan Cory los pidió en marzo, el diecinueve y la talla de aquel zapato era la cuarenta y cuatro.

Miré a Hans, parecía que acababa de ver un fantasma.

—¿Tiene cámaras en la tienda? —preguntó con seriedad.

—¡Oh!, no, agente. No son necesarias. Aquí no elaboramos ni exponemos los zapatos. No hay nada de valor. Solo algunos ejemplares, y solo uno. Quiero decir que no contamos con los pares. Esto es solo para mostrar cómo es el zapato. Y no lo exponemos porque creemos que la competencia podría comenzar a hacer copias inescrupulosas de nuestras creaciones…

Asentí.

Miré a Hans. Continuaba ensimismado.

Le pedí a Antoine que estuviese dispuesto a hacer retratos hablados y le dije que algún agente lo contactaría esa misma mañana. También que tuviese la información bancaria sobre las cuentas desde las cuales las personas habían transferido el dinero para la compra de los tres pares de zapatos. Para darnos esa información, debía comunicarse con el gerente del negocio.

Salimos de la tienda. Volví a escuchar la melodía del móvil de Antoine. La del fantasma. Dimos unos pocos pasos y luego abordé a Hans.

—¿Qué diablos te pasa? —le pregunté.

—No es posible que sea Lorcan Cory uno de los compradores de los zapatos —me respondió.

—¿Por qué no es posible?

—Porque Lorcan Cory es un asesino que se encuentra en Leavenworth. Está condenado a cadena perpetua.

14

De camino a la oficina, Hans me habló de Lorcan Cory. Hans lo entrevistó cuando estudiaba en Quantico. Fue el asesino de Mía Culp. Su crimen ya había cumplido veinticinco años.

—La mantuvo cautiva en un pozo sin uso, cercano a Redbud Trail, a unos diecisiete minutos en coche de Wichita, y a unos cincuenta y cinco minutos en bicicleta —dijo.

Entonces, comencé a recordar el caso de la chica. Sucedió en el año 1998. Apenas era una adolescente, pero mamá comentó ese caso con la señora Bau, la vecina. Mi madre estaba muy impresionada de la maldad de ese asesino. Algunas de esas cosas la afectaban profundamente.

La familia de la chica había llegado hacía poco tiempo a la ciudad. Sus padres eran trabajadores. La chica, hija única, se quedaba mucho tiempo sola en casa. Conoció a la «bestia». Así llamaba mi madre a Lorcan Cory. Ahora lo recordaba...

Se trataba de un profesor de una escuela cercana. Una persona valorada por la comunidad. Nadie sospechaba de él. Incluso mamá conocía a alguien que lo conocía en persona.

Cory se había hecho amigo de Mía Culp y la raptó. La llevó al pozo abandonado en el bosque de Redbud y allí la narcotizó y la violó en repetidas ocasiones. La chica quedó embarazada luego de los abusos. La mantuvo cautiva, amarrada en el pozo, con apenas agua y comida. Dio a luz sin ayuda, sin calmantes y Cory dejó morir a su propio hijo de hambre. Luego la chica murió por una infección y un par de chicos que llegaban al bosque lo descubrieron en el pozo cortando las vísceras de Mía Culp para comerla. Era una especie de Hannibal Lecter, pero todavía más sádico.

Todo eso volvió a mi cabeza. Era un cuento de terror. Lo había recordado con detalles, pero no había logrado establecer la conexión entre su nombre y su horrenda obra. Tal vez porque en la prensa pocas veces lo llamaban por su nombre, lo habían apodado el «Monstruo del Pozo».

—¿Entrevistaste a ese monstruo? —le pregunté a Hans.

—Sí. Antes de graduarme. Creo que descubrí cosas sobre él, pero no todo. Sin embargo, lo importante ahora es que es imposible que sea el asesino. ¿Por qué alguien compraría los zapatos a su nombre?

—Y no cualquier persona, Hans. Sino posiblemente el asesino de Olimpia Brannik y de Mary Scott —completé.

A ambos se nos ocurrió algo terrible, que alguien fuera de la cárcel, alguien cuya vida social pareciera normal e inofensiva estuviera cometiendo asesinatos en nombre del «Monstruo del Pozo».

15

INFORMAMOS a la jefa Thousend de lo avanzado. Mientras aguardábamos la información bancaria de la tienda y los retratos hablados de Antoine, Hans y yo nos dedicamos a investigar las visitas que Lorcan Cory había recibido los últimos años. Para ello nos apoyamos en personas conocidas de Hans que tenían relación con el correccional de Leavenworth.

Lorcan Cory había recibido pocas visitas a lo largo de sus veinticinco años de presidio, porque era un hombre sin familia. Alguna vez fueron periodistas a entrevistarlo, sobre todo cuando se cumplía un año más del día en que habían descubierto el cadáver de Mía Culp. Otras, psicólogos y estudiosos de la conducta criminal. Hans conocía a la mayoría de ellos. Pero las personas que visitaban a Cory de manera regular eran una mujer llamada Esther Gramm y un hombre llamado Peter McCallister. Este último, desde hacía dos años atrás. También recibió la visita, una sola vez, de un hombre llamado Víctor Kane.

De la comisaría nos enviaron la lista completa de los nombres y fechas.

Discriminamos, por una parte, a los periodistas e investigadores criminales. Daríamos la lista a otros agentes para que los descartaran por medio de la comprobación de las coartadas, los días y horas de las muertes en primer lugar de Olimpia y Mary, y también de Liam y de Alika.

Ahora yo también comenzaba a creer que todos los asesinatos habían sido cometidos por la misma persona. Si se trataba de alguien obsesionado con Lorcan Cory, podía estar lo bastante trastornado para haber aguardado dos años y volver a asesinar. También para dejar la serie de objetos extraños en las escenas. Después de todo, Cory también había sido hallado infraganti con un objeto extraño en el pozo. Hans me recordó que habían encontrado una vieja máquina de coser en el sitio, que era de su abuela y que en el pozo no cumplía ninguna función. También encontraron un vestido blanco antiguo. Presumieron que en algún momento había obligado a Mía a usarlo.

Todo podía tratarse de un juego simbólico entre ellos; entre Lorcan Cory y el nuevo asesino. Un juego en el cual solo ellos dos comprendían la existencia y secuencia de los objetos descontextualizados que habían llamado la atención de Hans.

Hans y yo nos quedamos con los nombres de Esther Gramm, Peter McCallister y Víctor Kane.

Llamamos a parte del equipo comandado por Stonor y les pedimos que buscaran información sobre esas personas.

Cuando nos quedamos solos en la sala de reuniones del piso dos, Hans me hizo una confesión:

—Sé quién es Esther Gramm. La entrevisté en la época en que también hablé con Lorcan. Vivía en la casa de junto a Cory. Tenía una hermana llamada Lizzy… Ahora las dos viven en Wichita pero en otro barrio.

—¿Es decir que esa mujer lo conocía de antes y luego al enterarse de lo que hizo a Mía Culp continuó siendo su amiga? —pregunté, impresionada.

—Me extraña. Porque cuando hablé con ella creo recordar que lo describía como un ser abominable. Además, no me pareció alguien capaz de verse seducida por un sádico.

—Sí que es llamativo eso... —consentí.

—Además, también conozco a Víctor Kane. Fue conmigo a la escuela en Wichita. Luego se fue a vivir a otro país. Su familia era irlandesa. Al otro hombre no lo conozco.

—Pues ya veremos qué nos dicen los investigadores. No tardarán en darnos detalles sobre esas personas —afirmé.

16

EL TELÉFONO de la sala sonó. Era la jefa Thousend. Nos pidió que encendiéramos el televisor que estaba allí en la sala.

—¿Qué sucede…? —alcancé a preguntar al tiempo en que señalaba la pantalla a Hans. Él comprendió lo que decía y buscó el comando para encenderlo.

—Un desastre. —Fue la respuesta de Thousend y cortó la llamada.

Hans estuvo cambiando los canales en la televisión hasta que se detuvo porque reconoció a un hombre que hablaba desde un plató.

—¡No puede ser! —exclamó y pasó su mano por la frente y el pelo, llevándolo hacia atrás. Luego buscó de manera infructuosa algo en el bolsillo de su chaqueta.

Subió el volumen al aparato.

La entrevistadora, una mujer con una larga cabellera negra, decía:

—Estamos entrevistando al doctor en conducta criminal y autor del *best seller Monstruo*, Edmund Gross. El doctor Gross cree que el asesino Lorcan Cory ha sido el causante del asesinato que se produjo anoche en una cabaña del condado de Rockingham, en Virginia. De dos asesinatos. Sabemos, a pesar de que las autoridades han sido sumamente herméticas, que Olimpia Brannik y Mary Scott han sido asesinadas… Pues bien, doctor, puede aclararle a la audiencia en qué se basa para afirmar que el «Monstruo del Pozo», conocido así en Kansas, tiene que ver con estas muertes si dicho asesino está en presidio perpetuo.

—¡Que nos lleve el diablo! —exclamó Hans.

Yo ponía toda mi atención en el hombre ante las cámaras. Se trataba de un sujeto de unos sesenta años más o menos. Acostumbrado a hablar ante micrófonos. Mostraba dominio de la escena. También preocupación por su apariencia. Llevaba el pelo levantado en una honda elevada de color rojizo que se aplacaba en el lado izquierdo de la cabeza. Usaba lentes cuadrados de montura gruesa y negra.

—Uno de los asesinos más influyentes en mi libro *Monstruo* fue Lorcan Cory. El asombro que generó la noticia de que Cory fuese capaz de secuestrar, torturar, violar a Mía Culp todavía es una larga sombra para el corazón de nuestro país, y eso es justamente lo que mantiene su carácter monstruoso. Nadie imagina un espanto mayor que ver morir a su propio hijo de hambre. Pues Lorcan Cory me pidió que fuese a visitarlo hace unos meses y la razón de esa visita era para alertarme que se producirían nuevos asesinatos, plagados de simbologías que solo él comprendería. De alguna forma, estos asesinatos serían una ofrenda para él.

Eso dijo Edmund Gross.

—Ese hombre solo dice chorradas —exclamó Hans.

En ese momento, entró la jefa Thousend a la sala.

—Hasta ahora no ha dicho nada que compruebe que tiene algo para relacionar los asesinatos de la cabaña con

Lorcan Cory —dije, intentando ver el lado positivo de las cosas.

—Al menos eso es un buen punto —confirmó la jefa Thousend, quien se sentó para continuar mirando la entrevista de Gross.

Hans estaba callado.

—¿Por qué cree que Cory se refería a los asesinatos de Olimpia Brannik y Mary Scott ocurridos en el condado de Rockingham? —preguntó la entrevistadora.

—Tengo pruebas de ello —dijo Gross con aire de victoria.

17

—Pero sería una irresponsabilidad presentarlas aquí. Primero lo haré ante los investigadores del caso. Lo cierto es que es muy poco lo que nos han dicho sobre la muerte de esas mujeres. Pero ha ido el FBI a ese lugar. Así que será algo muy complicado. Será complicado dar con el asesino…

—¿Dice usted que se trata de un *copycat*? ¿De un imitador de Lorcan Cory? ¿Plantea que los crímenes de Olimpia Brannik y de Mary Scott son similares al de Mía Culp?

—Sí. Digo eso.

Poco después, la entrevista terminó.

—¿Qué dices, Hans? —preguntó la jefa Thousend.

—No creo que tenga nada. Él no figura en la lista actual de visitantes de Cory, aunque podría haberse colado corrompiendo a algún funcionario. Sé que Gross lo entrevistó. Eso es cierto, pero lo hizo por la época en que lo hice yo. Su libro está lleno de vaguedades. No profundiza en la mayoría de sus análisis. Es mi opinión que Lorcan Cory no ha dicho nada a este sujeto. Se lo ha inventado como plataforma publicitaria de sí mismo —sentenció.

—Puede ser que tengas razón. Y si tiene dos dedos de frente, debe saber que si el FBI fue a ese lugar es porque no es un crimen corriente. Puede ser que se esté arriesgando a afirmar cosas sin fundamento por lo que dices —reflexionó la jefa.

Una cosa me quedaba clara. Si Hans se quedaba en Washington, tendría siempre el apoyo de Thousend. Parecía estar bajo su dominio. Incluso creo que lo admiraba. Ella se sabía más política que él, pero menos capaz. Tal vez esa fuera la clave de su admiración.

—Continúen lo que empezaron —dijo Thousend, se levantó y salió de la sala.

—¿De verdad crees que este sujeto dice puras invenciones? —pregunté a Hans.

—Creo que dice mentiras de las mejores. Las mejores mentiras son las que tienen una gran parte de verdad, pero esta se completa con un trozo de mentira que es creada por una clara intención individual de conseguir algún fin. Este hombre quiere fama. Lo conozco personalmente. Hemos coincidido algunas veces y no creo equivocarme. Además, también conozco a Lorcan Cory. No le diría algo así a un sujeto como ese.

Me quedé pensando unos instantes.

—Hay algo que no me gusta, Hans —confesé.

Él me miró como si hubiese descubierto algo que pretendía ocultar.

—Conoces personalmente a demasiadas personas relacionadas, o que al menos creemos relacionadas, con este caso —le dije.

—Es cierto. No puedo remediarlo —me respondió.

Había otra cosa que no me gustaba, pero no se la mencioné.

El asesinato de Lorcan Cory me afectaba. Su sadismo era

algo que me recordaba a Richard, mi hermano. Además, el campo de actuación era Wichita, el de los dos. También el de otras personas monstruosas que conocí, que vivieron cerca de casa, que pasaban por gente normal.

No quería remover de nuevo esas sombras en mi vida.

18

La primera noticia que tuvimos de las cuentas de las cuales se había transferido el dinero para pagar los zapatos Gaziano fueron claras para el caso de la mujer y el hombre mayor. Pero para el hombre que dijo llamarse Lorcan Cory no resultó tan fácil. El pago fue realizado a través de un monedero electrónico, en asociación con VISA, cuya cuenta proveedora era poco clara. De hecho, el número de cuenta no correspondía a nadie, a ningún cuentahabiente.

Los retratos hablados hechos gracias a Antoine correspondían a las identidades de los dos compradores de menor interés. En el caso del falso Lorcan Cory, no tuvimos suerte tampoco. Un hombre con pelo abundante color castaño. Nunca se quitó los lentes oscuros y llevaba barba y bigote muy poblados. Antoine no recodaba ningún rasgo particular del sujeto, ni siquiera su contextura, porque llevaba un impermeable grande. Podía ser de complexión delgada y con ese atuendo verse más prominente. De hecho, fue el retrato más complicado de crear porque Antoine se contradecía a sí mismo con algunos de los rasgos faciales.

Habíamos llegado a una calle sin salida.

—Tendremos que ir a Wichita, Julia. No confío en que de la escena salga nada más. Me refiero a los exámenes que faltan por completar. Este asesino es hábil. Sabe lo que hace —propuso Hans.

Temía que dijera eso. No quería volver a Wichita. Solo estaba dispuesta a hacerlo una vez al año, para visitar a mamá y a mi hermano Patrick. También para ver a mi amiga Maddy. La apreciaba mucho. Pero en esa ciudad viví lo peor de mi vida y era desgastante emocionalmente estar más tiempo allí del que había planificado.

Pero comprendía lo que Hans decía, y tenía razón.

—Pues vayamos a Wichita —respondí, resignada.

—No lo diría si no fuera fundamental. A mí tampoco me gusta estar allí. No me trae buenos recuerdos de mi infancia ni de mi juventud —reconoció.

Hans no había perdido su intuición, ni su capacidad de leer a los demás. Yo también lo admiraba por eso.

Me miró con cariño y pasó su mano derecha por mi hombro. Solo un poco, un roce. Luego la retiró.

Informamos a la jefa Thousend que viajaríamos para entrevistarnos con Lorcan Cory. También llamamos a la teniente Anne Ashton y a su jefa en el Departamento de Homicidios de Wichita. Y Hans se comunicó con un agente veterano del FBI en Kansas. Ahora mismo vivía en Wichita. Su nombre era Marcel Marshall y, según Hans, era un hombre muy valioso.

Dos horas después, íbamos camino al aeropuerto. Me encontraba algo incómoda. La imagen de Lorcan Cory se aparecía en mi mente. Ese hombre de rostro agradable, guapo, interesante, que sabía cautivar la mente de los chicos en la escuela. Así lo habían descrito personas que lo conocían. Y también aparecía en mi cabeza ese mismo hombre en un pozo, manteniendo cautiva a una chica de diecisiete años, abusando de ella, robándole la vida. La imaginaba a Mía llorando, sin consuelo, esas horas en soledad en ese lugar frío, húmedo, con olor a tierra. Sola, siempre sola. Sin esperanza. Muchas veces debió desear la muerte, acabar de una vez. Y luego el embarazo. Su cuerpo cambiando y ella sin ningún afecto, desnutrida, sedienta.

Sentí las lágrimas caer en mi cara. Las aparté. No deseaba que Hans me preguntara qué me pasaba. Él menos que nadie. Miré hacia afuera del coche, por la ventanilla. Había gente cruzando el paso de peatones en ese momento. Me fijé en una mujer y dos niñas. Llevaba a cada una de la mano y sonreían. Me hizo bien mirarlas. La oscuridad de Cory solo podía contrarrestarse con aquella claridad. Puede que fuera demasiado para mí conocer a ese hombre en persona. Una cosa era cazar asesinos y evitar que continuaran robando la vida de la gente y otra sentarse a hablar con ellos como si fueran importantes.

Durante mis estudios en Quantico, no me especialicé en esa área de investigación. Prefería evaluar escenas de crímenes, no entrevistar a asesinos confesos. Sabía por qué: no quería dedicarles ni mi tiempo ni mi atención.

Odiaba a los Cory de esta vida, a los hombres como mi hermano Richard, al sujeto que se había calzado un zapato de lujo y había cortado la cabeza a Olimpia Brannik y apuñalado a Mary Scott, a Alika Shepard. Era suficiente mi odio para atraparlos. No me interesaba escucharlos.

Inspiré.

Me dije que en todos los trabajos había que hacer cosas que no gustaban. Comprobé que en mi bolso de mano estuviese mi móvil. No recordaba haberlo guardado. Luego recosté la cabeza y cerré los ojos.

Hans tomaba una llamada que justo en ese momento había caído en su móvil. Marshall —quien se encargaría de organizar la visita a la cárcel de Leavenworth— era quien llamaba. Abrí los ojos y miré a Hans. Él escuchaba atento y luego le dijo que hablarían al aterrizar. Cortó, me miró como perdido. Sus ojos tenían una mirada triste difícil de disimular.

—Descuidaron la atención de Lorcan Cory. Se ha suicidado hace unas horas en su celda. Nadie pensó que sería capaz de hacerlo, pero lo hizo... —concluyó.

Comprendí. Estábamos de nuevo como al principio. No teníamos nada de dónde tirar para dar con la identidad del «asesino del *cliffhanger*», y esa era la tristeza que Hans mostraba.

19

Subimos al avión en silencio.

Una vez sentados, Hans me hizo una revelación impactante.

—Yo conocí a Lorcan Cory en la escuela. Fue nuestro profesor de Educación Física durante unos años y hasta nos entrenó para una competencia. Yo nadaba desde muy joven, era bueno en eso. Creo que pensaba que podría escapar de casa nadando, cruzando el océano. No era un buen ambiente el de mi niñez, sobre todo cuando mi padre estaba cerca y cuando todos abandonamos a mi hermano Benny. En fin, Lorcan Cory sabía ganarse nuestro afecto —dijo con algo de pena.

Comprendí por qué Hans había intentado entonces hacer su primer gran ensayo criminal basado en la personalidad de Cory. Porque a él también lo había engañado. Conocía a Hans, debía sentirse culpable por ello. Siempre me resultó increíble cuan magnánimo podía ser Hans, lo extremadamente comprensivo que era con las mentes criminales y lo rígido que era consigo mismo, con su propia historia.

Se culpaba de muchas cosas pasadas, y sobre todas ellas del maltrato psicológico y físico al que contribuyó a infligir sobre un chico delgado y enfermizo, de la mano de su líder y amigo: Terence Goren. Lo había superado a medias, porque hace ya más de dos años fue a visitarle en la penitenciaría y se encontró una piltrafa humana. Nada quedaba del Terence maltratador que había influido en Hans. Me dijo que hasta le costó reconocerlo.

Hans me dijo que esa fue la última vez que el recuerdo de Ray, el chico maltratado, le había hecho daño porque comprobó que entre Terence y él había un gran abismo, eran dos hombres diametralmente opuestos, y si alguna vez se parecieron, ese parecido estaba muerto. Pero en este trabajo lo que uno cree que ha superado para siempre algunas veces vuelve de la mano de los horrendos crímenes que vemos. Esas sombras del pasado superadas vuelven a aparecer, son nuestros fantasmas.

—Entiendo. No podías darte cuenta de lo que era en realidad ese hombre, Hans. Estabas pequeño. Ni siquiera tú podías darte cuenta a esa edad —argumenté.

—Lo sé —dijo y acarició la parte del espaldar del asiento delantero que tenía delante de él, la que mostraba el entramado donde reposaba el volante de indicaciones de emergencia impresas que colocan en los aviones.

Me dije que esa podía ser una sublimación, que tal vez estuviese en realidad, en la imaginación, acariciándome a mí. Si estuviese en mi consultorio, en mi antigua vida, y alguien hiciera eso, no dudaría en emitir esa opinión, pero en este caso, tratándose de Hans, todo era diferente. Mis convicciones se convertían en dudas, casi siempre.

—Lo sé, Julia —repitió y entonces dejó de mirar el asiento y me miró a los ojos. Nunca había visto los ojos de Hans tan tristes. Como afirma la canción que me gustaba de chica, *Sad Eyes* de Bruce Springsteen, los ojos tristes nunca mienten.

—¿Por qué estás así? —le pregunté. No sé de dónde saqué fuerzas para hacerlo.

—Porque te amo.

20

—… y no quiero convertirte en un objeto de deseo, porque así puedo dejar de ser un buen compañero para ti en este trabajo. Sé además que no podrías dedicarte a otra cosa —completó. El tiempo se detuvo, o algo se fracturó. Ese instante fue un antes y un después. Lo sabía, pero no sabía cómo manejarlo. Solo pude mirarlo, callada, petrificada.

No podía creer que algo que se había guardado desde hacía tanto tiempo, después de más de tres años juntos viéndonos a diario y de horas compartidas en soledad, Hans Freeman decidiera soltarlo en ese momento. En la cabina del avión, rodeados de tanta gente y de personas que podrían escuchar nuestras voces, terminó confesándomelo.

—No he debido decírtelo. Mira que lo he callado bastante. Hemos estado en situaciones de peligro de muerte, nos hemos rescatado el uno al otro y en esos momentos he estado tentado a decírtelo, pero luego he pensado que te pondría en un dilema. Es incómodo que alguien sienta emociones que no han sido esperadas…

Ahora la sorpresa en mis ojos debía dar paso a la incredulidad. No podía ser que teniendo Hans la mente más aguda para deducir, para captar y comprender la realidad, el pensamiento de los otros, no se hubiese dado cuenta de que yo también lo deseaba.

—Hans, calla, por favor. Yo te quiero desde hace mucho —alcancé a decirle.

Todo lo demás lo dijimos con la mirada. La mantuvimos varios segundos.

—Pues estamos metidos en un lío —concluyó.

Era verdad. Éramos compañeros de trabajo y de un trabajo enloquecedor.

—Tendremos que buscar una solución. Siempre hay una solución —dije.

Me tomó la mano. La llevó a sus labios y la besó.

—Nos conocimos en una situación similar a esta. De hecho, creo que eran los mismos asientos. Quiero decir, los mismos números. Quizás el mismo número de vuelo. No recuerdo la hora precisa, pero es muy posible. —Él asintió con la cabeza y sonrió. Soltó mi mano con delicadeza.

—Siempre supe que serías muy buena en esto. Aunque no disimulaste nada tu interés en las fotografías de Gail Whitman. Parece que hace un siglo de eso.

—No tanto. Siete casos que nos han dado alguna fama juntos. Ya tú antes habías cultivado tu propia fama. La nueva jefa Thousend no se esfuerza en ocultar su admiración por tu trabajo —reconocí.

—¿Celosa? —preguntó de buen humor.

—No soy celosa —dije, sonriendo.

No sabía lo que nos depararía el futuro, habiendo revelado de improviso nuestras cartas más ocultas. Esa tensión que habíamos sabido ocultar hasta ese momento. Pero lo que fuera, resultaba inevitable.

De repente, un libro rodó hasta mis pies. El avión atravesaba un área de turbulencia. Lo recogí y miré una página que se mostraba con frases subrayadas. Se trataba de un libro de poemas.

«La tierra giró para acercarnos,
giró sobre sí misma y en nosotros,
hasta juntarnos por fin en este sueño».

Lo cerré. Hans lo tomó y luego lo entregó a una chica que, preocupada, quería recobrar su libro. Ella estaba sentada en el asiento delantero.

Hans miró por unos segundos la portada.

—Eugenio Montejo. Un poeta interesante —le dijo a la chica.

Ella asintió.

Luego se acercó a mí y me dijo al oído:

—La tierra giró para acercarnos.

21

Sin hablar más, tanto Hans como yo llegamos a una especie de acuerdo. Las confesiones hechas a miles de metros de altura iban a desarrollar otros eventos, pero estos se darían en su momento. Ambos pensamos que no podíamos dedicarnos a lo nuestro por ahora. Aunque me moría de ganas por hacer el amor con Hans, y puede que él también lo hiciera, al menos las primeras horas en Wichita debíamos dedicarlas a explorar el entorno de Lorcan Cory.

Me puse a mirar las nubes que cubrían la ciudad justo antes de aterrizar. Lo había conseguido, lo que más quería. Había logrado que Hans confesara que me quería. No sabía muy bien qué hacer con ello, pero la sensación era maravillosa. Me dije que no debía tomar iniciativas. Para Hans fue muy duro, y difícil, haberme confesado lo que sentía. Era posible que tuviese que esperar otros mil siglos para que volviera si quiera a hablar de ello. Sabía que eso no pasaría. Yo no lo permitiría. Éramos adultos y la vida es muy corta. Iba a imprimir velocidad al asunto, pero debía hacerlo con delicadeza. Y parte de esa delicadeza en ese momento consistía en volver a pensar en el caso y no en lo que sentíamos.

Había una nube que parecía una lanza. Me quedé mirándola.

—Hans, ¿y si el asesino que buscamos solo nombró a Lorcan Cory a *motu proprio*? —le pregunté, volteándome hacia él.

Me contempló, creo que agradecido. No deseaba que nuestra suerte de sinceridad amorosa continuase avanzando en ese momento. Yo también sabía leer sus miradas.

—Puede. Que haya sido una fuente de inspiración, dado el carácter monstruoso que se ha ganado Cory a pulso. Lo he pensado. También que debemos hablar con Gross, aunque sea para confirmar lo que estoy dispuesto a creer; que ese sí que se ha inventado por iniciativa propia que Cory le hablara sobre nuevos asesinatos en su nombre —me dijo. Parecía el mismo Hans analítico de siempre. Él también había sabido aparcar la emoción a un lado.

—¿Pero no crees que es mucha casualidad que dijera eso, sobre todo por lo de que el hombre del calzado en el bosque de la cabaña de Olimpia Brannik afirmara llamarse así en la tienda? Puede ser que esta vez Gross sí haya dicho la verdad —aventuré.

—Puede ser, pero no lo creo. Como dices, vamos a asegurarnos. No lo creo porque Lorcan Cory me dijo que solo a mí me diría cosas importantes. Así me dijo cuando nos despedimos en la sala de reuniones de la penitenciaría de Leavenworth. Lo recuerdo claramente; me miró sonriendo y me dijo: «Hans Freeman, tenemos un vínculo tú y yo. Uno inquebrantable e infinito. Si a alguien contaré mis fantasías, mis sueños y mis acciones, será solo a ti. Lo que quieras saber de Talía, de Mía. Soy un hombre de palabra. Te decía que esperaría a que salieras de la piscina para llevarte a casa y siempre cumplí mi palabra».

—¿Entonces crees que por haberte hecho esa especie de promesa no diría nada a Gross? —puntualicé.

—También me dijo que ese sujeto era un pusilánime idiota. Que solo lo recibía para divertirse. Como te dije, Gross también visitaba a Cory en la época en la que yo lo hice.

—¿Y si el mismo Gross fuera el asesino? ¿Y si se está ideando una trama a medida para publicitar su nombre, sus libros? Podría haber creado una ficción para alargar la sombra del monstruo del pozo… —dije con voz queda.

Hans me miró como si esa fuera una buena posibilidad.

22

Aterrizamos.

El aeropuerto Wichita Dwight D. Eisenhower estaba cambiado. Lo vi más claro que como lo recordaba la última vez. También detecté un par de tiendas nuevas.

Estaba lleno de viajeros que sobre todo viajaban por trabajo y lo hacían solos; mujeres y hombres.

Ni Hans ni yo llevábamos equipaje, únicamente el de mano. Caminamos hacia la salida, pero antes me dirigí al baño.

Miré mi reflejo en el espejo. Me sentía bien, como si la confesión de Hans me hubiese dado nuevas fuerzas, una energía diferente. Allí estaba mi reflejo, mostrando a una mujer joven que había cambiado mucho, era como otra persona diferente a la que había vivido en esa ciudad. No solo había logrado escapar de la oscuridad, de los maltratos, también me había hecho más fuerte, había salvado la vida de algunas personas. Era una sobreviviente capaz de creer que el futuro, el mío, sería mejor.

Creo que nunca me había sentido tan orgullosa de mí misma como en ese momento.

Entró una mujer que me abordó. Parecía desesperada. La vi primero en el reflejo del espejo detrás de mí y luego al voltear.

—¡Debes llamar a emergencias ya! ¡Por favor, llama! No puede esperar. Ya ellos están aquí.

—¿Quiénes son ellos? —pregunté.

Se me acercó todavía más.

—Entiendo. Eres uno de ellos. Está claro. Te has teñido el pelo, pero no me engañas. Voy a rapar tu cabeza para que puedan ver los dispositivos, las antenas…

Se abalanzó sobre mí. Muy rápido logré doblegarla y la contuve.

Comenzó a gritar.

Una chica que entraba al baño se detuvo, espantada.

—Soy agente del FBI. Busca a alguien de seguridad del aeropuerto —le pedí.

No quería moverme con la mujer contenida porque eso podría darle aún más miedo a ella. A todas luces, se trataba de una persona desequilibrada que estaba teniendo una crisis paranoica.

La chica salió corriendo y volvió en pocos instantes con un hombre de seguridad del aeropuerto.

Es extraño, pero de todo el suceso, lo que más me había impactado era la referencia que la mujer había hecho sobre que iba a rapar mi cabeza.

Volví a verme a mí misma, en mi recuerdo, con la cabeza rapada debido al ataque que sufrí de un francotirador, hace años, cuando investigaba un caso. Ahora usaba el pelo largo y no pensé que volvería a recordarme sin él.

Las sombras vuelven cuando uno menos lo espera. Cuando crees que eres todo lo feliz que puede serse.

23

—¿Qué ha pasado? —me preguntó Hans. Se dio cuenta de que en el baño de mujeres había sucedido algo.

Nos hallábamos a medio camino entre los servicios y la salida del aeropuerto.

Ya a la mujer se la habían llevado. Parecía que se había escapado de casa he ido a parar al aeropuerto, colándose en el área de llegada. Tenía el delirio de que los extraterrestres estaban invadiendo la Tierra. Eso me pareció.

Le conté a Hans el suceso.

—A veces me parece que todos estamos enloqueciendo. Como si fuera parte de la evolución del planeta, tal como la hemos conducido —comentó.

Iba a decirle algo, pero ambos vimos a una mujer hacernos señas.

También sonreía. Era Anne Ashton, la teniente de Homicidios que conocí los días en que conocí a Hans.

Llegó a donde estábamos y nos abrazó con cariño.

Primero a Hans y luego a mí. Sonreía. Se veía mejor que la última vez que la vi. Como rejuvenecida.

Siempre la recordé vistiendo de tonos claros; beige, sepia. Ahora llevaba una blusa celeste de cuello en V bajo el bléiser negro. Sus pantalones también eran negros. Su cabello ondulado había crecido un poco más debajo de los hombros.

—Queridos amigos. Siempre es un gusto verlos, aunque los motivos que los traen aquí tengan que ver con cosas que no deseamos —expresó.

—Hola, Anne. Te ves bien —le dije.

—Tú también. Y, Hans, creo que acaban de darte una buena noticia o algo así. No encuentro esa expresión de perdido que es casi tu marca —se atrevió a decirle.

—La mejor noticia, pero eso lo apartaremos por ahora. ¿Vamos a tu oficina? —preguntó.

—No. Se ha comunicado conmigo el agente del FBI Marcel Marshall. Me ha dicho que los lleve a la oficina que han reubicado aquí en Wichita, del FBI. En la 301 de Main St. Suite, en el Epic Center. Allí les han adecuado un espacio de trabajo. Así que no los tendré en el Departamento, que queda reservado a simples mortales como los detectives de homicidio —dijo en son de broma y sonrió.

—En el FBI también somos mortales —respondió Hans, risueño.

—Puede que un poco. De todas formas, las oficinas de la calle Suite están muy bien. En lo que podamos ayudar, allí nos tendrán. Mi compañera, Alexis Carter, a quien ya conocieron hace meses, está ahora en una misión en Arkansas, pero volverá en un par de días. Vamos por aquí —dijo señalando una de las puertas para acceder al *parking*.

Salimos del edificio y nos encaminamos al coche de Anne.

—¿De verdad creen que Cory tiene que ver con el asesinato de las mujeres en Rockingham? —preguntó Anne, frunciendo el entrecejo y tocando una medalla que colgaba de su cuello.

Pensé que todos teníamos nuestra propia manera de protegernos de la idea de maldad que Lorcan Cory producía en nuestra mente. Anne era una mujer religiosa y lo hacía tocando la materialización de las ideas de luz, de bondad, que se encerraban en esa medalla.

Todas las estrategias para acallar la maldad eran válidas.

No sé por qué recordé otra vez la historia gótica de Gastón Leroux, la de *El fantasma de la ópera*. En realidad, no era un fantasma, sino un hombre misterioso obsesionado. Creo que la recordé porque el personaje femenino de la novela tuvo que enfrentarse al monstruo y comprender la raíz de su obsesión, que tenía que ver con su pasado, para poder escapar.

Aunque ya era tarde, y si Lorcan Cory tenía que ver con los asesinatos, deseé en ese instante comprenderlo. Pero ya no podíamos penetrar en su psiquis. Solo contábamos con lo que Hans había podido obtener de él, años atrás.

—Es nuestra principal línea de investigación —confesó Hans.

En ese momento, pensé que Hans me estaba ocultando algo. Como si Cory le hubiese dicho algo más y yo todavía no lo sabía.

Le hablé a Anne de la huella del zapato en el bosque de Rockingham. Ya nos hallábamos en el coche.

Anne tomó la vía US 400, que nos conduciría en diez minutos a la oficina del FBI. Yo conocía esa zona. Mi antiguo consultorio en la dependencia de atención a niños y jóvenes maltratados estaba cerca del Epic Center. También otros lugares que no deseaba recordar.

El resto del trayecto Anne nos contó sobre sus hijos.

Hans se interesó por ellos. Los recordaba como si hubiese sido ayer que Anne le había hablado de sus gustos e invenciones infantiles. Era increíble. No sé si era buena idea recordarlo todo con tanto detalle.

Mirando por la ventanilla, un parque, una cafetería y un autobús que se detenía, pensé que la memoria de Hans podía ser parte del problema. De ese problema que me contó una vez su mentor y amigo Harold, llamándole el «dilema de Hans»; la capacidad de imaginar de Hans, y de casi siempre acertar, era su éxito y a la vez su ruina.

24

Llegamos a la oficina del FBI.

En la puerta nos esperaba el agente Marcel Marshall. Estaba algo fuera de forma. Era alto y de contextura musculosa. Llevaba un bigote corto y cano. El pelo estaba cortado al ras. Tenía la cara algo enrojecida por el sol. Era de tez muy blanca.

—Hans Freeman. Cuánto tiempo. Ya no te dignas a visitar a los plebeyos como nosotros, estando en las alturas del palacio —dijo, sonriendo.

Hans lo saludó con la misma efusividad.

—Y tú debes ser Julia Stein —me dijo, extendiéndome la mano. La sentí tibia. Sus brazos, fuertes, estaban cubiertos de vellos rubios. Llevaba puesta una camisa de manga corta, y aunque el clima era más que templado, vestía como si fuera verano.

—Así es. Mucho gusto —le respondí.

—Hola, Anne Ashton. Ya nos hemos visto algunas veces —le dijo y también le sonrió.

Nos invitó a pasar al departamento del Buró.

Las oficinas eran más modernas que las nuestras en Washington. Poseían ventanales azules y de forma asimétrica. Una de las alas era más ensanchada y alargada que la otra. Esa forma de pico hacía parecer la edificación como una nave espacial, como un proyecto futurista.

En el interior, la oficina conservaba rasgos más tradicionales; cubículos separados, algunos de investigadores noveles abiertos, áreas de reuniones abiertas y cerradas, y las oficinas de los jefes con mayor privacidad.

Había gente trabajando. Agentes sentados ante ordenadores y otros reunidos en algunas habitaciones.

Entramos en una sala de reuniones que debía ser de las medianas.

Marcel nos invitó a tomar asiento en torno a una mesa circular y nos ofreció café. Todos quisimos. Pidió a una mujer llamada Nancy que nos lo trajera. También unas botellitas de agua. Antes de que ella fuera por el café, le preguntó si su esposa no había llamado. Ella le respondió que no y luego se fue.

Hablamos de cosas sin importancia mientras esperábamos el café. Le preguntó a Hans por su madre, por su hermana.

Me di cuenta de que Marcel en varias oportunidades miraba una carpeta que estaba sobre la mesa, justo frente a donde él se había sentado.

«Hay algo allí que quieres decir, pero esperas el momento. Es algo importante».

Me preguntaba qué podría ser.

25

Nancy llegó con el servicio de café.

Luego salió.

Anne recibió una llamada y pidió permiso para salir de la habitación.

Lo hizo.

—Necesito decirte algo importante. No sabía si hacerlo delante de la teniente. Creo que lo mejor será que lo hagamos entre nosotros —opinó Marcel.

Anne volvió a la sala.

—Debo irme al Departamento. Estamos disponibles para cualquier cosa que requieran. Nos vemos luego —dijo y se fue.

—¿Qué pasa, Marcel? —preguntó Hans, confundido.

—En la celda de Lorcan Cory encontraron algo. No quise decírtelo por teléfono... es esto —dijo finalmente y movió la carpeta para que quedara bajo el dominio de Hans. Yo me hallaba a su lado. Desde allí podría ver el contenido cuando Hans la abriera.

Eso hizo.

Eran unas hojas manuscritas.

Hans inspiró. Yo me acerqué un poco más para poder leer mejor. Miré a Marcel. Observaba con atención a Hans.

Volví a centrarme en los papeles.

Leí:

Supongo que hasta ahora crees que esto es un juego inofensivo.

Que las palabras que te dije hace años cuando partías no eran una sentencia. No sabes bien cómo analizar lo que hice con Mía, ni quién soy, pero conozco bastante de tu vida. Alguien dijo que si uno conoce a alguien cuando niño lo conocerá siempre. Está bien que no me creas porque todo hay que comprobarlo. Y tú te preguntarás: ¿Por qué te dejo esto ahora?

Todo tiene que ver contigo, estimado Hans. He seguido tu historial de victorias, tu espléndida cacería a los asesinos y por eso he pensado que este juego va a interesarte mucho, desde un nivel superior a cualquier otra cosa que hayas vivido.

No soy un criminal convencional de esos que has atrapado o ayudado a atrapar. Verás, creo que tengo un nivel de conocimiento en mi campo bastante elevado y más que aceptable en todos los demás campos. Por encima de la media sin duda. Además he dedicado más de veinte años de mi vida a trabajar como un ciudadano normal y sé lo que digo; la gente es tan anodina. Supongo que a estas alturas has visto que el mundo se fue al traste, que ya nada importa, que lo que antes era elemental ya no lo es.

Si quieres compararme con algún personaje de ficción podría recomendarte varios visionados; el primero es una película basada en un libro (sí, basada en un libro, porque en los últimos tiempos hemos asistido a una patética proliferación de producciones audiovisuales insoportables, sin sustancia alguna, producto de la vertiginosa carrera de las empresas de entretenimiento y del mundo streaming *por ganar consumidores o para no perder a los que religiosamente pagan la suscripción). La novela que dio lugar a la película se llama* The Golden Egg, *de Tim Krabbé. Es un relato que podría ser considerado «escalofriante». Así me pareció cuando vi la película por primera vez, pero no por la misma razón por la cual a mi pareja le espantó.*

Fue la primera vez que me sentí descubierto por alguien anónimo que estaba detrás de la pantalla. Alguien se había inspirado, y había logrado un producto cultural basado en mí. Entonces me dije, ¿cuándo fue la primera vez que pasó eso? Y me remonté a esas primeras veces donde la imaginación deleitaba a los más versados. Tenía menos de la edad permitida para entrar a la sala, pero aparentaba más, así que la vi en la pantalla grande, que a su vez me vio a mí. Todavía siento lo mismo en ese instante en que Raymond lo logra después de varios intentos; cuando logra raptar a la espontánea y adorable Saskia. Así que te recomiendo que veas la película para que empecemos a conocernos. Hay que empezar por el principio porque, aunque suene común esto, es una gran verdad. No sirve de nada que te hable de la levedad en la que se ha transformado mi vida y la de todos.

Hago la aclaración porque no quiero dar lugar al error común que cometen las personas cuando interactúan con asesinos; «es que tuvo una infancia difícil, sus padres tal, su familia era disfuncional…», y esa sarta de tonterías, de lugares comunes que repiten los tontos. Como te decía, no sirve de nada que te hable de mi propia e insoportable levedad. Este final entre nosotros, que será tu principio, debe ser más emocional. Y si te preguntas por qué me he convertido en un asesino, tengo que responderte que ha sido porque soy un hijo legítimo de las emociones, aunque tardé en verlo con efectiva claridad. Y no puedo hacer otra cosa que recrear lo leído en la noche, bajo mis propias metáforas.

¡Vamos a hacer historia, Hans!

A brindar una nueva manera de contar la historia; la nuestra será una inolvidable relación amorosa, afectiva, emotiva. Todo eso que ha sido despojado del misterio, nosotros lo refundaremos. Parte del problema es que somos un mundo de exploradores donde quedan pocos asombros. Parece que ya no volveremos como especie a sentir la pasión del arqueólogo y mucho menos a experimentar el ansia, la maravilla. Aburridos en palacios estamos y deseamos conocer historias escalofriantes que conduzcan a nuevos mundos la imaginación. Peor aún están quienes no tienen ni siquiera tiempo para pensar. Peor que los muertos. Peor que yo en poco tiempo.

Ya está bien. Tienes trabajo que hacer. No me defraudes, Hans. Debes saber ya que la muerte de Gardner, Alika, Olimpia Brannik y Mary Scott son mi legado. Los hombres pueden morir, pero las ideas se mantienen como hadas.

Lorcan Cory

26

—¿Han comprobado su letra? —preguntó Hans.

—Sí. Aún los expertos no han emitido el reporte, pero fuera de formalidades, me han dicho que no tienen dudas.

No lo podía creer. Ese hombre había dejado una forma de testamento a Hans. ¿Por qué? ¿Por qué la obsesión con él?

—¿Cómo ha podido seguir los casos? ¿Es que tienen acceso a noticias, a prensa, en Leavenworth? —pregunté a Marcel. Eso, de lo que había dicho, no me parecía lo más alarmante, pero por algo habría que empezar a desmenuzar esa sarta de ideas que había dejado para Hans.

—Pueden ver televisión a algunas horas. Leer periódicos en la biblioteca. Nada que posibilite una comunicación externa a la institución —me aclaró.

Yo había tenido la idea de que ese correccional no era de los más abiertos en cuanto al consumo cultural de los reclusos.

—¿Qué piensas, Hans? —preguntó Marcel.

—Tengo que analizar cada frase una y otra vez. Creo que da pistas, pero hay que saber entenderlas... —le respondió.

Me alarmé.

De ahora en adelante, no pensaría en otra cosa; olvidaría comer, dormir, se ensimismaría por culpa de esa maldita carta.

Ojalá, Marcel Marshall nunca la hubiese mostrado. Ni nadie en el correccional la hubiese encontrado.

—¿Quién más conoce la existencia de este escrito? —preguntó Hans en tono resolutivo.

—Solo el personal de Leavenworth implicado en la recolección de los efectos de la celda de Cory y yo. El equipo de análisis de la caligrafía, claro está. Supongo que deben informar de esto a la jefa mayor, a Marianne Thousend —sentenció Marcel.

Parecía lamentar lo que sucedía. Aunque era mayor que Hans, debió haber compartido con él varios espacios. La carrera vertiginosa de Hans en el FBI lo había puesto en contacto con muchos agentes que llevaban en la institución más tiempo que él.

—No te lo tomes muy a pecho, amigo. Ese hombre siempre estuvo como una puta cabra —expresó Marcel.

Luego me observó y noté en sus ojos una mirada de preocupación.

—Creo que nos quedaremos aquí analizando la carta unas horas. Trabajaremos en este espacio o… —comencé a decir.

—Cuando necesitemos reunirnos o ustedes lo necesiten, pueden hacerlo en esta sala. Pero las oficinas que les preparamos están en el último piso. Allí también hay una terraza. Son las más codiciadas por todos —dijo. Creo que en ese momento pretendía bajar un poco el tono de gravedad que se había apoderado del ambiente.

Marcel Marshall se levantó y nosotros también lo hicimos. Nos dio la mano en señal de despedida. Luego nos dijo que su oficina se ubicaba en ese piso y era la última del ala derecha.

Antes de salir se detuvo; pensé que se daría vuelta para

decirnos algo más, pero no lo hizo. Continuó luego su camino, salió y cerró la puerta.

—¿Estás bien, Hans? —le pregunté.

—No. Pero no estarlo me ayudará a pensar mejor. Porque voy a atrapar al cabrón que está asesinando gente en nombre de Lorcan Cory, Julia.

Su mirada mostró un nuevo brillo, muy parecido al de la mujer que me atacó en el baño del aeropuerto. No quería que Hans enloqueciera.

Una puerta peligrosa que podía comunicar con la locura era la obsesión.

27

—No CREO que debamos quedarnos aquí, Julia. Puede que nos haga bien dejar el efecto de la carta en la superficie sin fragmentarla ni analizarla en detalle. En mi experiencia, al hacer eso, surgen ciertas estratificaciones de importancia. En otras palabras, ahora todo lo que Lorcan Cory dice nos parece importante porque deseamos que así sea, para lograr dar con la identidad de su, llamémosle, aliado en el crimen. Y eso sería así porque deseamos encontrar más cosas importantes de las que en realidad puede haber. En cambio, si nos obligamos a atender otra cosa, por ejemplo, a visitar a aquellos que a su vez visitaron a Cory, obligamos a nuestro cerebro a deshacerse de la carta. Y justo por eso pueden venirnos las ideas más importantes que se encuentren en ella. ¿Me explico?

No sé si se había explicado bien, pero yo lo comprendí.

—Estoy de acuerdo —asentí. De cualquier manera el sol, el aire, el movimiento podrían hacerle bien.

Con las señas de la casa de Esther Gramm, nos encaminamos a esa dirección. Marcel Marshall había dispuesto un coche para nosotros.

Tomé el control del volante.

Encendí la radio. Escuchar música me pareció una buena idea.

Comenzó a cantar Phil Collins.

Hans tocó con la punta de sus dedos índice y anular sus sienes y comenzó a masajearse con movimientos circulares.

—En mi bolso de mano hay Tylenol y una botellita de agua. Toma una. Te aliviará enseguida —le propuse.

Lo hizo, callado.

Conduje hacia el barrio de Orchard Breeze, donde vivía Gramm. Hans recostó su cabeza y durmió unos minutos. Lo desperté al llegar a nuestro destino.

Nos hallábamos frente a una casa de una planta, de paredes color rosa claro. Parecía haber una piscina en la parte lateral. Todas las demás casas por allí la tenían.

Tocamos a la puerta.

Una mujer de sesenta años, más o menos, abrió la puerta. Nos miró con desconfianza.

Luego pareció reconocer a Hans.

—¿Es usted el agente del FBI? Lo he visto en televisión. Además recuerdo cuando me entrevistó. Era muy joven entonces.

—Esther Gramm, buenas tardes. Me acompaña la agente Julia Stein. ¿Podemos pasar un momento? Queremos hacerle algunas preguntas sobre sus visitas a la penitenciaría de Leavenworth.

—Aaah, no. ¡No me culparán de nada de lo que ha sucedido! Han dicho en la radio, lo oí, que Lorcan Cory se ha suicidado. No he tenido nada que ver con eso.

—Nadie va a culparla de nada, Esther. Cory tomó la decisión de quitarse la vida y esa es una decisión personalísima. Solo queremos que usted nos dé una idea de su estado. Conocer sus impresiones. Nada más —mentí.

Ella me miró como si bajase un poco las defensas.

—Está bien. Adelante. Ahora mismo Lizzy está durmiendo. Se ha calmado. Hoy he tenido un inconveniente con ella. Adelante —repitió y abrió la puerta con brusquedad. Esperó a que entráramos y luego cerró la puerta con cerrojo.

Hans me miró y yo a él.

—Avancen hasta la salita. Apagaré el fuego e iré con ustedes —dijo.

Percibí un olor a caramelo.

Nos sentamos en un pequeño salón que exhibía un juego de muebles de sala antiguos, varias mesitas con manteles tejidos y muchas figurillas de porcelana de perros y pastores.

Sobre una repisa había una escultura en vidrio de un Cristo crucificado.

Esther Gramm llegó y se sentó en una mecedora de Viena.

Alisó la falda azul oscuro que llevaba puesta a la altura de sus rodillas y nos pidió que preguntáramos.

—¿Esther, cuándo fue la última vez que fue a Leavenworth?

—El domingo. Todos los domingos iba. A visitar a Lorcan Cory, el Monstruo del Pozo.

—¿Por qué lo hacía? —pregunté.

—Porque todos debemos cumplir una penitencia —respondió.

28

—¿Una penitencia? —repitió Hans.

—Sí. Los ángeles me lo han dicho en sueños. Me lo hicieron ver, que esa era mi misión. Y debí asumirla. Yo, como sabe, vivía junto a la casa de Lorcan cuando éramos chicos. Luego mi padre murió y nosotras, mi madre, Lizzy y yo nos mudamos. Pero mientras estuvimos allí, en esa casa vecina a Lorcan, yo me di cuenta de las palizas que su padre le daba. Y no hice nada.

—No podía usted hacer nada, era una niña —argumenté.

—Sí lo era. Pero eso no es excusa suficiente. Y mi madre también lo sabía y mi padre, y ninguno hizo nada. Se peca por omisión y la mancha del pecado permanece hasta que uno comienza a limpiarla.

—Entonces, la niñez de Lorcan Cory fue terrible… —dije, intentando que continuara hablando. Ya para ese momento Hans y yo habíamos comprendido que se trataba de una fanática religiosa.

—Fue más que terrible. No había un día en que ese chico no saliera a llorar al patio trasero. Luego se acurrucaba allí en un banco, con una cobija desgastada en pleno invierno, porque su padre no le dejaba entrar a casa, él decía que lo hacía para forjar su carácter. Allí se sentaba con un libro pequeño. Siempre era el mismo libro. Azul con letras doradas. Lizzy sabía su nombre, yo no...

—¿Tal vez algún clásico, algo dorado? —mencionó Hans.

—No lo sé.

—¿La madre de Lorcan no hacía nada ante esos castigos que el padre le imponía?

—Vaya que sí hacía. Lo insultaba todo el día. Esa pareja vivía en el pecado. No había dudas. Y ese chico también.

—¿Alguna vez habló con él de niño?

—No. Le tenía mucho miedo. Lizzy sí lo hacía.

—Bien. Y una vez que decidió ir a visitarle en la cárcel... cuéntenos un poco a qué se debió y de qué cosas hablaban en esas visitas —pregunté.

Era realmente ese el quid de la cuestión.

—Soñé que un ángel se apareció en mi sueño y me dijo que ya era hora de comenzar a saldar mi pecado de omisión. De llevarle un poco de luz a ese ser de oscuridad. Lo que él hizo con esa chica Mía no es humano, sino demoníaco. Así que comprendí que él estaba poseído. Solo así se explica tanta maldad. Yo creo que esa chica se le insinuó y él no supo manejar esa tentación. Y luego el demonio lo poseyó. Era mi función hacer lo posible por salvar su alma.

—¿De qué hablaban? —insistió Hans.

—De Dios. Le llevaba la palabra. Y él se interesaba. Le gustaban mucho los salmos, decía que eran poesía. También el libro del Génesis y del Apocalipsis. Yo le reprendía y le insistía en que debía leer la escritura completa y no solo lo que le diera placer. Hice mi papel y cumplí mi misión. Todos los domingos. Después de escuchar misa, tomaba camino al centro penitenciario.

—¿Lorcan le dijo algo que le llamara la atención? ¿Algo que la condujera a pensar que su alma había vuelto a caer en la oscuridad? —preguntó Hans.

—No. Nada. Logré su conversión. Lo vi llorar arrepentido. Dios lo perdonó. Por eso, ahora este hecho, que se haya suicidado, no me cabe dudas, ha sido de nuevo obra del maligno. Algo en ese hombre se quebró en su alma de chico, siendo engendrado en el mal, pues al final no pudo escapar de él.

—Ya. ¿Puede decirnos qué estuvo haciendo la noche del 18 de octubre, hace dos días, entre las diez y las doce de la noche? —pregunté.

—Estuve con mi hermana aquí en casa. Ha padecido una crisis nuevamente. Pensé que ya estaba bien de medicamentos. Que la gracia de Dios, del ángel, había caído por fin sobre nosotras, y estos días ha recaído…

En ese momento, escuchamos unos pasos lentos, como de alguien consumido por la somnolencia.

Volteé a ver quién se había quedado de pie en el umbral de la puerta que conducía al salón.

Era la misma mujer que más temprano me había atacado en el aeropuerto.

29

Salimos de esa casa.

El estado de Lizzy Gramm era lamentable. Más aún que su medicación estuviese controlada por su hermana, quien a todas luces mezclaba asuntos mágicos con los médicos, y por eso había padecido la crisis de la que yo misma había sido testigo.

Hans quiso manejar.

Una vez en el coche, le pregunté qué opinaba de Esther Gramm.

—Ha sufrido una conversión extraña. Cuando hablé con ella al finalizar la carrera, me pareció una mujer rígida en demasía, pero ese componente religioso no estaba en ella. Lizzy tampoco estaba tan mal. Recuerdo haberla visto y no llamó mi atención.

—Debemos decir esto a Anne Ashton. Sé que no es asunto policial, pero su Departamento tiene relaciones con las instituciones que cuidan a los discapacitados. Habría que poner bajo supervisión a Lizzy Gramm y también a su hermana. Ahora te pregunto, ¿la crees capaz de asesinar?

—Pues no lo sé. Podría ser, si el ángel se lo pidiera. Luego lo de la huella me da vueltas en la cabeza. Podría haberse calzado con zapatos de hombre por alguna razón hasta ahora incomprensible. Y la coartada no es buena. Has visto que podría haber dejado narcotizada o incluso amarrada a la hermana y ausentarse de casa varias horas —razonó Hans.

Era cierto. No podíamos descartar a Esther Gramm.

30

Tomamos camino a casa de Peter McCallister.

Quedaba en el barrio de Delano, en una zona universitaria.

Se trataba de una serie de edificios de tres plantas, color ladrillo con balcones y terrazas.

En medio había un parque, un gimnasio al aire libre.

El edificio donde vivía McCallister era el número 32B. Su piso se situaba en la planta baja.

Tocamos a su puerta.

Nos abrió la puerta un hombre delgado y alto. Era calvo y llevaba una barba corta, tipo candado.

Tenía unas facciones agradables. Vestía de negro de pies a cabeza. Parecía recién salido de la ducha. Olía a una mezcla de jabón y perfume.

—¿Sí? —dijo al abrir la puerta.

Miró a Hans con curiosidad.

Pensé que tal vez también lo había visto en televisión o prensa.

—Agente Freeman y agente Stein, del FBI. Deseamos

hacerle algunas preguntas sobre sus recientes visitas al recluso Lorcan Cory —dijo Hans.

—Vaya introducción —respondió con voz divertida. Esta era bastante aguda.

Nos invitó a pasar.

Nos sentamos. Acto seguido, él tomó la palabra.

—Mi interés en Lorcan Cory es existencial. Me interesa mirar a los ogros a los ojos. Y él, para todos, era un ogro. Solo fue un hombre que tuvo un único momento de locura. Y por eso borraron de un plumazo todo lo que había hecho durante su vida, lo que ayudó a esos chicos en la escuela; les hizo seguros, los acompañó en su formación, mucho más que sus padres. Algunos padres en realidad no sirven para nada —afirmó McCallister.

Me pareció que hablaba por experiencia propia.

—¿No le daba algo de temor entablar una relación tan personal con un asesino? —le pregunté.

—No. Para nada. Era un hombre muy atractivo, con una inteligencia prodigiosa. Solo un excluido más de la sociedad. Verá, agente Stein, ¿no? Soy pansexual. Me siento atraído por quién es la persona, por cómo piensa sin importar su género. También creo que todas las relaciones humanas se basan en la atracción sexual. Así que, si se lo están preguntando, les respondo de una vez. Lorcan Cory me traía de cabeza. Lo hubiese hecho mi amante si pudiera salir de ese cautiverio.

—Habla usted como si Lorcan Cory estuviese vivo —anuncié y esperé a ver su reacción. Hans también lo hizo.

—No la comprendo —dijo y cruzó la pierna una sobre otra.

—Lorcan Cory ha aparecido muerto en su celda. Se ha suicidado —completó Hans.

—No me lo puedo creer. Lorcan nunca se hubiese suicidado. Amaba demasiado la vida. Y disfrutaba mucho mis conversaciones. Estoy seguro de que alguien allí lo mató y lo hizo parecer suicidio. La gente no soporta cuando otro es superior.

No había ni un atisbo de tristeza en Peter McCallister. O era un excelente actor o le importaba un pepino la vida de Cory.

—¿Cómo empezó la relación entre ustedes? ¿Un buen día usted dijo quiero conocer a ese hombre y fue hasta allá?

—Pues justamente así fue, agente Freeman. Yo sé quién es usted. Es famoso. Lo he visto allá y aquí. Una vez estuve en una charla que brindó. Me pareció brillante. Soy estudiante de Informática y de Filosofía. Usted habló de los arquetipos de Jung adaptados a la personalidad criminal. Magnífico.

Estaba lanzando dardos envenenados a Hans. Demasiado envenenados de interés sexual me pareció.

Hans ni se inmutó.

—Entonces, quiso conocer a Lorcan Cory y lo hizo —apuntó Hans.

—En efecto —dijo y agrandó un tanto los ojos.

—¿Qué hizo la noche del 18 de octubre entre las diez y las doce de la noche? —pregunté.

—Estaba de viaje. En Washington, y solo, por si se lo preguntan —respondió.

Hans se levantó.

Le dijo a Peter McCallister que era muy probable que volviéramos a buscarle para hacerle otras preguntas.

El hombre respondió como pensé.

—Esperaré impaciente —dijo.

Cuando estuvimos afuera, sonreí. Hans también lo hizo.

Ya en el coche hizo una broma sobre su atractivo.

—Ya fuera de bromas. Ese sujeto es más frío que una serpiente. Si en realidad no sabía de la muerte de Cory, lo tomó como si no le importara para nada —comenté.

—Demasiado frío. Eso me lleva a pensar que tal vez sea lo contrario. Puede haber generado un vínculo intenso con alguien como Lorcan Cory. Creo, Julia, que Peter McCallister podría ser nuestro asesino. Y también creo que será difícil encontrar la prueba de ello.

—¿Fue por eso por lo que cortaste la entrevista tan abruptamente? Me pareció que pudimos explorar más —puntualicé.

—Justamente por eso. Si se trata del asesino, prefiero que

crea que no ha llamado nuestra atención —me respondió—. ¿Viste sus zapatos? —preguntó de repente.

—No lo hice —respondí. Había olvidado por completo el asunto de los zapatos.

—Me temo que eran unos Gaziano. Muy parecidos a los que nos mostró Antoine. Solo que más gastados y no exactamente iguales. No eran los que buscamos, pero sí parecidos —concluyó Hans.

Entonces, imaginé a Peter McCallister cortando la cabeza a Olimpia, matando a golpes a Liam… no me encajaba. Más bien, podría imaginarlo viendo al asesino hacerlo sin inmutarse.

—Las hadas… Has dicho que emergería lo importante si dejábamos de darle vueltas en la cabeza a la carta-testamento que Lorcan Cory te dejó —afirmé.

—¿Y? —Quiso saber.

—¿Por qué habló de hadas? Es lo que más parece haberme chocado de todo. Más allá de esa película que supongo debemos ver.

—Sí, lo de las hadas ha sido muy particular… —reconoció Hans.

POR ÚLTIMO, visitamos a Víctor Kane.

Hans lo conocía. Como me había dicho, estudiaron en la misma escuela.

Víctor era un hombre muy diferente a Peter McCallister. Más de la vieja guardia.

Vestía de forma tradicional. Usaba el pelo corto, peinado hacia atrás. Tenía rasgos que hacían pensar en Italia. Una nariz prominente y una mandíbula definida. Sin embargo, me pareció que Hans se extrañó al verlo.

Luego lo comprobé.

Nos abrió la puerta de un piso ubicado en el barrio de Northeast Heights.

—Hans Freeman. ¡Cuánto tiempo! —dijo y sonrió.

—Víctor Kane. Has cambiado —reconoció Hans.

—El tiempo nos cambia —aceptó.

—Julia Stein, agente del FBI —me presenté.

—Mucho gusto. Pasen adelante —dijo.

Entramos.

Se trataba de un piso funcional.

No había objetos de valor ni decorativos.

Solo un reloj que mostraba la hora en el mundo.

Nos llevó al comedor.

Dijo estar preparando una pasta boloñesa que requería cuidado.

—Víctor, estamos aquí porque Lorcan Cory se ha suicidado, y estamos reconstruyendo su estado anímico en las últimas horas y días. Sabemos que fuiste a visitarlo una vez hace poco más de dos años, y nos gustaría saber el resultado de ese encuentro. También, por supuesto, oír con tus propias palabras por qué razón fuiste a verle —preguntó Hans.

—Entiendo que te parezca extraño que le viera. Justamente, el chico que lo encontró a punto de comer partes del cuerpo de Mía Culp —respondió él.

¿De qué estaba hablando?

¿Por qué Hans no me había aclarado que se trataba de Víctor el chico en el bosque que lo había encontrado?

Entonces, un número que Hans me dijo cuando apenas tomamos el caso volvió a mi cabeza en forma diferente. Dijo que en cincuenta y cinco minutos se llegaba al lugar del pozo, al bosque del pozo, en bicicleta. ¿Cómo lo sabría con esa exactitud?

¿Es que Hans Freeman era el otro chico que, junto con Víctor, había encontrado a Lorcan Cory y por eso Cory fue condenado a cadena perpetua?

PARTE II

1

—Hola. Buenas noches. Tengo que hablarle de algo muy grave —dijo la persona con un aire desesperado.

—Está bien. Puede pasar. Lo que sea que le ha hecho venir hasta aquí a esta hora y sin avisar debe ser importante —respondió el hombre dentro de la casa y acto seguido se hizo a un lado para que la persona que acababa de tocar a su puerta entrara.

—¿Cómo está su hijo? —preguntó esta persona una vez adentro, en un pequeño corredor.

—¿Mi hijo? Pues supongo que bien. Verá, no tengo mucho contacto con él. Ha preferido un estilo de vida que no comprendo bien —dijo el hombre.

La persona asintió. Todo caminaba a la perfección.

—Entiendo.

El hombre le señaló hacia dónde dirigirse.

Terminaron dentro de un estudio, una suerte de biblioteca pequeña y a la vez despacho que el hombre solía utilizar con frecuencia. Prácticamente, era la única área de la casa que usaba. Desde que había enviudado, y empezó a retirarse poco a poco de la actividad laboral, se fue recogiendo, replegando en esa habitación. Ella contenía todo lo que le interesaba.

Salía a la cocina solo para preparar alimentos sencillos, algún bistec, patatas o huevos fritos, un trozo de pan; y volvía al estudio. Así pasaban sus horas.

Una vez que la persona y el hombre se encontraban sentados en el estudio, esta tomó la palabra:

—¿Tiene usted harina de trigo en casa? Juraría que no. El pan debe comprarlo ya hecho y no lo veo preparando tartas —completó.

El hombre no comprendía la variación en la actitud de la persona que lo visitaba. Primero parecía desesperada, con un gran problema, y ahora hablaba de nimiedades.

—Así es. No suelo comprar harina. Betty, mi mujer, era quien preparaba tartas —se apuró en responder.

Pero ya el hombre sabía que algo iba mal. Esa persona no parecía estar en su sano juicio. Y entonces se arrepintió de haberle dado entrada a su casa.

Sin embargo, la desconfianza surgió demasiado tarde.

Su último pensamiento antes de morir fue sobre su hijo. Deseó que de alguna manera lograra ser feliz.

2

—Vamos a concentrarnos en el presente, Víctor. O al menos no en el pasado tan lejano. ¿Cómo viste a Cory? ¿Por qué lo visitaste? —insistió Hans.

—Justo porque hay que enfrentar el pasado, amigo mío —respondió.

Me pareció que esas palabras finales, «amigo mío», contenían un peso mayor al resto de las que había pronunciado.

Comencé a recordar la noticia de la captura del Monstruo del Pozo... un chico lo había visto, pero otro lo había dejado allí. Fue el otro quien avisó a la policía.

¿Hans lo había dejado solo? ¿Eso era lo que lo perturbaba?

—¿Por qué de repente decidiste enfrentar el pasado? ¿Y por qué enfrentar el pasado significa visitar en presidio a alguien como Lorcan Cory? Lo único que te relacionó con Cory fueron las clases en la escuela y luego haberlo descubierto desmembrando un cadáver —argumentó Hans elevando la voz.

—Casi nunca las cosas son tan sencillas, Hans. Algunas veces a lo lejos, pasado el tiempo, nos damos cuenta de las cosas realmente importantes en la vida. Verás, hace algo más de dos años volví de Europa…

Hans asintió. Me pareció que no era una información nueva para él.

—En Londres me casé, a los veinticinco, con Thalma, alguien excepcional. Pero ella me abandonó. Ella tenía un hijo, James. Me encargué de él. A Thalma le pareció bien porque entre James y yo tuvimos una fuerte complicidad, y ella en realidad no lo comprendía. La relación entre ellos era fatal. James murió… en un accidente.

Su voz disminuyó de tono al decir eso.

Lo observé. Fue cuando me di cuenta de que Víctor era un hombre musculoso, que había cultivado su cuerpo. Tenía la edad de Hans, me pareció. Eso coincidía con el hecho de que hubiesen ido juntos a la escuela y conocido a Lorcan Cory en la misma época. También que fueran amigos y que dieran paseos en bici juntos. Debían tener entre trece o quince años cuando todo aquello pasó.

El hecho es que la voz en bajo tono me chocó porque, aunque antes no había reparado en ello, ahora me daba cuenta de que distorsionaba su apariencia de hombre fuerte. Y antes no me había dado cuenta porque solo me centré en su cara y no en su cuerpo.

Eso era, como un hombre fuerte, capaz de soportar cualquier adversidad. Una persona que deseara seguridad podría querer mantenerse a su lado. Podía ser que por eso el chico, «James», se sintiera tan bien a su lado. Quizás podía ser que por eso «Thalma» se hubiese hartado de él. Algunas no deseamos que el hambre de seguridad sea lo que nos una a una pareja. Además, las personas como Víctor Kane podían llegar a ser muy aburridas, o al menos predecibles. Sin embargo, esa era mi forma de pensar. Si algo había aprendido con el paso de los años era que si alguien necesita cifrar la seguridad, el orden o la tranquilidad en otra persona, ese hecho no era para nada juzgable. Cada uno busca lo que quiere en los demás.

Por alguna razón, puede que por la forma de hablar o por su aspecto sereno, me pareciera un hombre difícil de quebrar. Entonces, me dije que lo que lo hizo volver a Wichita fue que sabía que no podía seguir viviendo en el lugar en donde todo le recordaba a James. Sabía que allá terminaría siendo débil.

—Lo lamento. La muerte del chico... —dijo Hans.

Víctor hizo silencio, lo miró y luego hizo una mueca, una media sonrisa, pero no llena de alegría, sino de reconocimiento. Como si creyera que de verdad Hans lamentaba la muerte del hijo de su expareja. Debía conocerlo bien, debía saber que pocas veces Hans se atreve a decir cosas falsas. Una idea me asaltó de pronto; lo que había dicho Lorcan Cory en la carta. Lo de conocer a alguien bien si lo conoces de niño.

—Lo sé, amigo. Luego, lo que sucedió fue que no pude continuar viviendo en casa, en Londres. Se me hizo insoportable. Así que recogí todo y me vine a Wichita.

—Entonces, viniste aquí y de repente sentiste la necesidad de ir a visitar a Lorcan. No lo comprendo —insistió Hans.

—Tú deberías comprenderlo. Deseaba... obtener... la respuesta.

—¿Cómo la respuesta? ¿La respuesta a qué? —Quiso saber Hans levantando un poco más la voz.

—Ya lo sabes. ¿Por qué alguien como Lorcan Cory, como creíamos que era él, hizo lo que hizo? Son las respuestas que uno busca para uno mismo, no para perdonar ni comprender al otro, sino para comprenderse uno. No es bueno dejar esas incógnitas abiertas en la vida. Sé que a ti te pasó lo mismo. Por eso fuiste a verlo en la cárcel apenas pudiste.

—¿Cómo lo sabes? —le pregunté.

—Porque él me lo dijo. Estuvimos algunos minutos hablando de Hans —me dijo Víctor a mí.

Luego miró a Hans de una forma acusadora. Velada pero acusadora.

3

—¿Qué fue lo que te dijo? —preguntó Hans.

—Que habías ido a verlo, que te habías hecho poli. Que siempre supo que eras un obsesivo del orden, de la maquinación para enjaular las pulsiones y los deseos naturales que ninguno está dispuesto a reconocer, pero que todos sentimos. Eso sí, decía que no eras como el inspector Javert...

¡Vaya forma de justificar el asesinato de la pobre chica Culp!

Eso pensé. Llamar a la tortura, el encierro y a la violación «pulsiones y deseos naturales».

—Pero también me dijo que fuiste el mejor de la clase y de la escuela todo el tiempo. Su mejor alumno. Así te describió. Creo que sabía que eso, cuando éramos chicos, me influiría. Yo quería ser mejor que tú. Esa era la verdad —reconoció y se quedó mirando fijamente a Hans.

Después sonrió. Y cuando lo hizo, su rostro cambió por completo. Adquirió unas notas bastante atractivas. Como si fuera otra persona. Como si quien acababa de abrirnos la puerta, hablar con nosotros bajo el aroma de la salsa boloñesa, hubiese sido antes un fantasma. Un fantasma que ocupaba el lugar del hombre verdadero que era este que sonreía, que decía la verdad aunque esta la dejase mal parado, aunque lo hiciese ver como un sujeto débil y envidioso.

—Ya. Ese justo era el problema, Víctor. Lorcan siempre fue más listo que nosotros. Tenía que serlo porque apenas éramos unos críos. Y sabía descifrarnos muy bien. A mí me decía que eras mejor que todos y a ti que yo era el mejor. Me daba ánimos cuando salía de la piscina helada, aún en otoño, porque sabía que nada me detendría, que quería nadar más rápido que todos. Era como si fuera mi obligación hacerlo, aunque mi piel se amorataba de frío.

—Lo recuerdo. Eras el único capaz de entrar a esa piscina con ese clima —dijo Víctor mirando a su amigo.

Imaginé a Hans pequeño, terco, empecinado en nadar, sin importar nada más.

—Por eso no sospechamos nada malo de Lorcan, porque sabía cómo pensábamos. Nos conocía muy bien, hasta que…
—Se calló.

—Hasta que tuvimos la genial idea de cruzar la ciudad y llegar al bosque del pozo. Lo recuerdo como si hubiese sido esta mañana. Pedalear y pedalear, aunque las piernas ya no me dieran más. Tú estabas en mejor forma que yo. Siempre fuiste más fuerte —confesó Víctor y lo hizo como para él mismo. Miró hacia abajo y hacia la izquierda, como recordando.

Después me observó a mí de nuevo.

—En ese entonces yo era un chico enfermizo —explicó —.Y luego fue el descubrimiento del pozo. Había escuchado que estaba allí, en la escuela alguien lo dijo. Pero era como una leyenda. De todo se decía de ese pozo, que estaba lleno de cadenas, de oro, de fantasmas. Es interesante como uno de crío mezcla todo sin importar la coherencia. Aún recuerdo la cara de Hans cuando le dije que entráramos.

Lo miró a él. Hans también estaba recordando la escena. Eso me pareció.

—Y cómo te pusiste cuando te pedí que entráramos. Creo que enloqueciste. No querías hacerlo. Yo tomé la delantera y con miedo agarré la cuerda que colgaba del gancho de metal y comencé a bajar dando patadas por las paredes de piedra hacia abajo. Luego sentí que la cuerda se tensaba. Eras tú que había decidido bajar también.

Inspiró.

—Aquella excavación había servido para proveer agua a quién sabe quién, pero ya se había secado y en realidad no era muy profunda. Quizás si hubiesen excavado más abajo hoy todavía serviría como pozo. Pero así son las cosas. Algunas veces la gente no quiere llegar al fondo de las cosas que convienen y después está el resto de la vida para arrepentirse. Algo así le pasará a Thalma.

Miró hacia arriba, esta vez a la derecha.

—Entonces llegamos abajo, nos quedamos callados. Creo que percibimos que no estábamos solos. Yo seguía adelante. Y luego, cuando lo vimos, saliste de allí, sin esperarme.

—No vi lo mismo que tú. De haberlo hecho, no te habría dejado solo —replicó Hans.

Necesitaba que Víctor le creyera. Tal vez era de esas cosas que esperamos una vida entera para aclararle a alguien que nos importa. Esas que callamos por alguna razón, pero que nos hace mal guardarnos. Un silencio, un secreto de hielo.

—Solo vi el cadáver del…

—Del niño. Lo sé, Hans. Estaba más cerca de la entrada. ¿Sabes? Muchas veces me dije: «Hans salió de allí para buscar auxilio. Lo del niño lo hizo entrar en una especie de *shock*. Si hubiese visto a Lorcan Cory, cuchillo en mano, no me habría dejado».

Eso fue lo que pasó. Entraron al pozo por insistencia de Víctor y entonces Hans vio el bebé muerto. Y se fue corriendo…

—Gracias por aclararlo ahora —expresó Víctor.

Una vez más, me miró a mí.

—Después de eso, nos vimos un par de veces más, pero ya no era lo mismo. Y en casa decidieron que era mejor cortar por lo sano, salir de Wichita y del país. Y nos fuimos a Europa. La familia de mi madre estaba allá.

Otra vez su explicación iba dirigida a mí.

—Busqué ayuda. Necesitábamos contar con alguien más. Alguien con autoridad —continuó justificando Hans.

Todavía hablaba del pozo.

—Lo sé. Recuerdo que cuando vi aquello pensé que era lo más horrendo que había visto en mi vida. Con el tiempo me he dado cuenta de que no era así. Hay cosas peores; las traiciones, la falta de fidelidad.

«Allí va, otra vez pensando en Thalma», me dije.

—De verdad que te lo agradezco, Hans. Que buscaras a la poli. Creo que si no lo hubieses hecho, Lorcan nos hubiera matado a los dos. Hiciste lo correcto. Lo que pasa es que a veces lo correcto duele a alguien. Lo correcto no siempre es inofensivo —expresó.

«Le dolió que Hans lo abandonara. Todavía no se lo ha perdonado».

—Yo me quedé muy calladito observando a Lorcan sacar músculos del cuerpo de la chica. Creo que ni siquiera respiraba para que no notara que habíamos ido allí… no sé ni cuánto tiempo pasó.

—Once minutos. Conseguí la unidad policial en la vía. Sabía dónde se detenían a aguardar. Yo conocía los parajes.

Desde que salí del pozo supe que eso tardaría. También sabía que podría escalar las piedras con ayuda de la soga mucho más rápido que cualquiera. No podía hablarte. Tú no sé por qué esa vez quisiste tomar la delantera y ya en ese momento te separabas tanto de mí, por lo menos tres metros, que me resultaba imposible hacer nada más. La prioridad era buscar a alguien. Además, yo pensé que también saldrías de allí al ver al niño —concluyó.

—Tienes razón. He debido hacerlo, pero me quedé petrificado. No todos tenemos tu capacidad de reacción. En fin. Hoy lo que me hace reaccionar es esta boloñesa que creo que me quedará como nunca —dijo cambiando el tema, tratando de quitar el ambiente tan cargado que se había generado al hablar del pozo.

Se levantó y dio vuelta al contenido de una olla con una cuchara de madera que reposaba sobre un platito color uva.

—¿Saben que el secreto de una buena salsa es siempre el tiempo, la paciencia? ¿La cocción a fuego lento y sin prisas? —exclamó.

Kane me pareció entonces un buen candidato para ser un asesino. Uno capaz de esperar años para vengarse de quienes quisiera. Lo bastante reprimido como para no tomarla con su exmujer tal vez solo por el hecho de que era la madre de James. De una forma extraña, me parecía alguien confiable para ese niño. Pero sí la tomaría con otras personas desconocidas o no tan determinantes en su tragedia. Habló de la muerte del chico y de que su mujer lo dejó. Podía odiarla tanto como amaría a James. Podía odiar a gente como Alika Shepard, a Olimpia Brannik, a Mary Scott. Tal vez le recordaban a Thalma. Pero no sabía por qué habría matado entonces a Liam Gardner, el único hombre entre las víctimas... ¿Porque regentaba moteles donde las mujeres también eran infieles?

4

Nos despedimos de Víctor Kane.

Antes nos invitó a comer con él, pero no accedimos. Creo que Hans lo dudó un segundo o dos. Pudieron ser ideas mías.

De vuelta en el coche, esperé que él tomara la palabra.

—Ha cambiado mucho, Víctor. No es para nada como era cuando éramos chicos —me dijo apenas se abrochaba el cinturón de seguridad.

—Me parece que está resentido contigo. ¿Por qué no me habías dicho que se trataba de ti? Que tú eras el chico que junto con el otro había encontrado a Lorcan Cory.

—Es algo que no me gusta recordar. Quiero decir, lo recuerdo con frecuencia, pero no es algo que me guste contar —respondió.

—Te sientes culpable por algo tan absurdo. Si estás vivo hoy y tu amigo Víctor también, es porque hiciste exactamente eso y no otra cosa. Habrían terminado en un plato de comida para Cory o algo así... —dije atropellando las palabras.

Él hizo silencio.

—¿De verdad crees que iba a comerse los músculos de esa chica? —Quise saber. Era algo que antes no habíamos comentado. Ese elemento de la maldad de Cory no era poca cosa. No había conocido un violador, sádico, asesino y caníbal a la vez. Sabía que había sujetos así, de acuerdo con la literatura relacionada con psicología criminal, pero no era común ser todo eso a la vez.

—Él afirmó que sí. Eso me dijo —respondió Hans y apartó un segundo la mirada del camino para verme a mí.

Se me olvidaba que Hans conocía al monstruo por dentro. Lo había entrevistado. La cuestión era cuánto conocía el monstruo a Hans.

—No me gusta Víctor Kane. Creo que podría ser capaz de matar. Es un hombre resentido; con su exesposa, contigo. Que haya visitado a Cory al volver al país es muy extraño. Y otra vez me pareció que salimos de casa del entrevistado demasiado rápido. Ni siquiera le preguntamos por su coartada cuando asesinaron a Olimpia y a Mary Scott.

—Sí. Voy a volver a su casa, solo. Creo que, en ese caso, podría decirme más cosas a mí que a los dos. Además, indagaremos sobre qué estaba haciendo los días y horas de las muertes de Gardner, Alika, Olimpia y Mary —afirmó.

Tenía razón. Entre ellos pareció haber existido una buena amistad, la que se fracturó por el hallazgo del pozo. O era eso, o era que Víctor culpaba a Hans de haberlo dejado solo en medio de aquel horror. Y al sufrir la pérdida de James, el hijo de Thalma, había decidido volver al pasado y vengarse del «buen amigo» que lo había traicionado. Era tirado por los pelos, pero era posible. Habría que saber más sobre Víctor Kane.

Por lo pronto, decidí no contarle a Hans mis pensamientos y encargarme yo misma del asunto. Él todavía podía mirarlo como un antiguo amigo y eso tal vez nublara su mente. Se me ocurrió que podría pedir ayuda a Anne Ashton para las averiguaciones sobre Víctor. Si lo hacía en el FBI, Hans se enteraría. Tal vez podría convencer a Anne de que lo mantuviéramos entre nosotras.

5

ANOCHECIÓ aquel día 20 de octubre. Era una noche fría. Además, una especie de niebla había caído sobre la ciudad. Los expertos del clima ofrecían varias explicaciones, pero nadie había podido predecir ese fenómeno. Por otro lado, veía en ella una tonalidad rosa. Recordé la arena del Sáhara que el año pasado había llegado a la Costa Oeste y se había internado en el corazón del país. Había viajado casi doce mil kilómetros al oeste, pero eso sucedía en junio, no en octubre, así que no sabía a qué podía responder esa tonalidad entre rosa y amarillenta que yo podía ver en la niebla. Me quedé pensando si serían ideas mías o producto del cansancio de mis ojos.

Hans y yo nos hallábamos en la terraza cubierta y acristalada del hotel Dutty Plaza, ubicado cerca del Epic Center, donde estaba la oficina del FBI. Sabía que no haríamos el amor aquella noche. Hans estaba demasiado ensimismado. La razón: la maldita carta de Lorcan Cory y también el resentimiento de su amigo Víctor por haberle dejado en el pozo. Sabía que eso a Hans lo mataba. Lo conocía. Siempre fue el mismo niño que, sin importar el frío, cumplía lo que esperaban de él, llegar a nado al otro extremo de la piscina. Las traiciones eran para él una forma de morir. Por eso no funcionó su relación con Fátima. Se pedía a sí mismo ser mejor para ella, y aunque ella estuviese bastante conforme, eso no importaba. Se le metió a Hans en la cabeza que no era lo bastante bueno para ella, o el adecuado, y eso acabó la relación. No quería que sucediera lo mismo conmigo.

Lo vi tomar la cerveza en una jarra helada que habían puesto delante de él. Se permitió esa licencia porque habíamos tenido un día de locos, sin descanso, y ya nos íbamos a la cama. Habíamos entrevistado a tres sospechosos, si es que así podíamos llamarlos, ya que su único delito había sido ir a visitar a Lorcan Cory al centro penitenciario. La noche anterior la habíamos pasado trabajando y el día había sido agotador. Así que la licencia de Hans estaba justificada para él.

A mí todas las entrevistas me parecieron inconclusas. Puede que la de Esther Gramm fuese la que menos, porque a todas luces era una fanática que repetiría una y otra vez la misma versión de las cosas: había ido a ver a Lorcan Cory para sacarle el demonio de dentro. No era una buena cuidadora para su hermana y ya nos habíamos hecho cargo de eso. Hans había llamado a Anne Ashton para dar parte de la condición de las Gramm. Era incomprensible como una vez sucedido lo que pasó en el baño del aeropuerto las autoridades no hubiesen investigado más y mejor la situación de Lizzy Gramm. Anne Ashton, quien siempre daba más que nadie se movía por una sensibilidad digna de admiración, dijo que comunicaría el asunto a la Dirección de Salud Mental.

Pero el encuentro con el témpano Peter McCallister, quien además nos aclaró que había estado en Washington cuando asesinaron a Olimpia Brannik y a Mary Scott, y el encuentro con Víctor Kane, con su agresividad velada ante Hans, ante la mujer que lo abandonó y ante la muerte de James, a quien parecía querer como a un hijo propio, me habían dejado mal sabor de boca.

—Estás muy pensativa. ¿Qué pasa? —me preguntó Hans mientras ponía la jarra de cerveza sobre la mesita que había entre nosotros.

—Pienso en ti. Quiero decir, en Víctor… En que creo que te detesta.

—No diría tanto. Pero sí que está resentido, y con razón. Cuando uno tiene quince años, o trece, da igual, el mundo se percibe como un escenario de fidelidades y traiciones nada más, y eso nubla el juicio entre lo correcto y lo incorrecto. Puede que me refiera sobre todo al mundo masculino, tan lleno de solidaridades insensatas. A mí tampoco me gustó dejarle en el pozo, pero he hecho cosas peores en la vida.

Sabía que se refería a lo que había pasado con Ray. Al maltrato de ese chico indefenso de manos de Goren ante la mirada pasiva de Hans en los pasillos de la escuela.

Todas las cosas de las que Hans se avergonzaba las había hecho de chico, porque desde que era un adulto se había dedicado a lo que podríamos llamar un «buen fin». Tal vez por lo que ese hombre, Lorcan, había dicho. Porque tenía espíritu de policía desde hacía mucho, porque necesitaba orden y que la justicia reinara a su alrededor, un poco para pagar sus propias culpas infantiles.

—Habrá que ver la película. La que mencionó… —comencé a decir, pero enseguida me arrepentí. Otra vez estaba la maldita carta, y fui yo la que se la había recordado a Hans.

Me odié por hacerlo. Lo hice sin pensar. Ya sabía que él podía llegar a obsesionarse de una forma enfermiza por algunas cosas en los casos, y la carta de Cory podía ser la mayor de sus obsesiones.

—No te preocupes. Sé que hay que hacerlo. Le he pedido a Stonor que nos envíe un enlace para descargarla. Ya lo ha hecho.

—No sé, Hans. Sospecho de todo el mundo. No veo nada claro. Lo que sí parece ser cierto es que los asesinatos que investigamos son obra de un mismo asesino, y este lo hace por cierto vínculo con Lorcan Cory, quien ha decidido descargarnos el marrón, suicidarse y dejarnos en blanco. Esto es como un laberinto en donde estamos tú y yo...

—Siempre que estemos tú y yo, estará bien. Aunque sea el laberinto del Minotauro —dijo en voz más baja.

Por primera vez Hans me decía algo romántico. Elevado, como no podía ser de otra manera. Culto, pues si yo no hubiese prestado algo de atención a las clases de Historia del Arte casi hubiese olvidado el célebre laberinto del Minotauro de la mitología griega.

En realidad, no era la primera vez que me decía algo romántico y directo. La primera fue en el avión. Era muy posible que cada vez que lo hiciera yo la experimentara como la primera. Así de tonta estaba por él. Me reí de mí misma. Pedí al chico que atendía en la terraza, que le había traído a Hans la cerveza, un martini con dos aceitunas. Tal como había dicho Hans, robando las palabras al poeta que mencionó y que yo ni conocía porque nunca me interesó demasiado la poesía: la Tierra había girado para encontrarnos. Y si la Tierra giró para eso, y aunque en lugar de la Tierra fuera un infierno lleno de muertes, asesinatos y horrores, tenía que celebrar estar allí en ese instante con Hans, en medio de la niebla rosa que veía tras el cristal y que parecía no poder alcanzarnos.

Ese era el único lugar, de todo el mundo, en el que quería estar. Aunque fuera la ciudad de mi tormentoso pasado. De repente, eso comenzó a carecer de importancia.

6

Unas chicas pasaron cerca de nuestra mesa. Hablaban en voz muy alta. Sobre todo una de ellas.

—Ha sido genial haber ido allí. Ya sabes cómo es Ani. Ha preparado unos cocteles de muerte. Literal. Se había comprado un libro con los cocteles de los libros de asesinatos de Agatha Christie y de la otra escritora de este país parecida a ella. Fue una pasada.

La otra chica respondió algo que no pude escuchar bien. Continuaron el camino hacia una mesa alejada de la nuestra.

Me quedé recordando mi afición de pequeña por los libros de Agatha. En especial uno, aquel que Richard se llevó sabiendo que lo amaba… Sacudí la cabeza. Luego no sé por qué recordé la portada de otro de los libros de esa autora. El que se llamaba *Hacia cero*. Todos los que mi madre me regalaba pertenecían a una edición de bolsillo, muy colorida. En la portada de este aparecía una soga en medio de otros objetos.

Hans miró el menú que estaba sujeto junto a un pequeño macetero en medio de la mesa, que contenía unas diminutas flores moradas. Lo abrió y pude ver que contaba con menú infantil.

Di el último sorbo al martini y entonces algo terminó de hacerse claro en mi mente.

«¡Las hadas, los cuentos, el cuento!».

Le dije esas tres palabras a Hans.

Me miró con sorpresa, pero luego vi como en sus ojos la sorpresa daba paso a otra emoción, una más compleja. Lo había entendido él también.

—«Luego se acurrucaba allí en un banco, con una cobija desgastada en pleno invierno, porque su padre no le dejaba entrar a casa, y él decía que lo hacía para forjar su carácter. Allí se sentaba con un libro pequeño. Siempre era el mismo libro. Azul con letras doradas. Lizzy sabía su nombre, yo no...» —repitió Hans. Eran las palabras textuales que Esther Gramm había dicho.

—Eso es, Hans. Lorcan Cory de chico, maltratado por sus padres, por su padre como sujeto activo y su madre como pasivo, se aferraba a lo único que le brindaba una forma de escapatoria, un libro. Yo sé lo que es eso: intentar escapar a través de la fantasía. En mi caso, las novelas de la escritora inglesa; en ella todo estaba en orden, los malos siempre acababan mal, las cosas funcionaban.

Inspiré.

—No sé cómo no se nos ocurrió antes. Las hadas. Seguro era un libro de cuentos de hadas. Y es muy posible que allí esté todo, esté la clave. Los niños... él te lo dijo, te dio esa pista: nadie conoce a las personas como quienes las conocen de niños. Lo que quiso decir era que buscaras en su infancia. Quizás sabía que Lizzy o su hermana conocían su tragedia en las noches heladas en el columpio, con el libro en las manos. Que ellas podrían decírtelo. Ese hombre parece que no hacía nada gratuito... —dije.

—¿Cómo lo has sabido? ¿Cómo has dado con esto?

—No lo sé. Un conjunto de cosas, el menú infantil dirigido a niños, valga la redundancia, las chicas hablando de los cocteles sacados de un libro de mi infancia. Y el asunto de las hadas, que quedó dándome vueltas en la cabeza. También supongo que mi cerebro registró lo del libro azul con letras doradas...

—Y más. Que ambos sabemos que los asesinatos están llenos de objetos extraños, sin explicación, en las escenas. La máquina de coser en el pozo con Mía Culp, que fue la primera. Luego Liam Gardner con la alfombra descolocada y el bate...; Alika Shepard en la cama con las revistas pornográficas al lado y la flor blanca en el macetero en la habitación; y Olimpia Brannik con la cabeza en el baúl y Mary Scott... los dátiles, la paloma... Dios mío..., ¡qué tonto he sido! ¡Un imbécil!

7

—¿De qué...? No te sigo, pero debemos hablar con Lizzy Gramm. Si ya está mejor, podrá decirnos lo que sabe de ese libro... —alcancé a decir.

Luego tomé el móvil, que había dejado sobre la mesa junto a la copa de martini.

—No es necesario, Julia. He sido un idiota. Sé qué libro está recreando Cory. O mejor dicho, comenzó a recrear Cory y ha continuado el *copycat* —afirmó Hans. No dejaba de mirarme y lo hacía de una forma diferente. No era solo sorpresa, era algo más. Las palabras las había pronunciado lentamente.

Solté el móvil.

—¡Dime de una vez! —le grité sin querer.

—El *Pentamerón*. Está recreando los cuentos de hadas del *Pentamerón*. Y también lo dijo, nos dejó las pistas en la carta. Habló de un palacio. Recuerdo que eso también te llamó la atención. Los cuentos de hadas en realidad no nacieron para ser contados a niños. Distaban mucho de ello. Eran literatura para adultos, llenos de imágenes grotescas, de tragedias, de cosas imposibles. Sí que se centraban en la fantasía, pero combinada con las más bajas pasiones humanas. Tenía que ser así porque se idearon para distraer a los cortesanos.

—Me hago cargo —respondí. Deseaba que continuara hablando.

—Pues el *Pentamerón* fue escrito por otro cortesano, Giambattista Basile, que supongo sabía cómo distraer a las cortes y conocía el uso de las metáforas adecuadas, las más llamativas. El cuento de *La bella durmiente* aparece en el *Pentamerón*, pero no es tal como el mundo hoy lo conoce. Se llamaba *Sol, Luna y Talía*, y se basa en un rey que viola a una chica que se encuentra bajo un embrujo una vez que se pincha con una astilla de la planta de lino. Producto de la violación nacen dos hijos...

No lo podía creer.

—Es horrible, Hans —alcancé a decir.

Recordaba el pozo y el horror que tuvo que vivir Mía Culp solo para que Lorca Cory recreara uno de los cuentos del libro que era su único acompañante en medio de su sórdida y espantosa niñez. Y luego tal vez se veía a sí mismo como ese Basile, como alguien necesario para una institución, para los demás, en la escuela. Era divertido, tenía buena conversación, sabía ganarse la confianza de los niños, de seguro de los padres, del director.

Sentía que lo odiaba cada vez más. No sabía qué me pasaba con Lorcan Cory, pero nunca experimenté tal nivel de repulsión por un asesino como por él.

—El asesinato de Liam Gardner está relacionado con *El cuento del ogro*, también incluido en el *Pentamerón*. En este, un hombre de pocas luces está al servicio de un amo que le da cobijo y protección y le encarga que viaje a tres lugares, pero que no puede desobedecer sus órdenes. El hombre necio las desobedece y, por supuesto, como ya imaginarás, recibe una paliza. Además, en medio de la historia hay una alfombra mágica implicada —contó Hans.

El parecido de las escenas con los cuentos era alucinante.

—Lo encontrado cerca del cuerpo de Alika Shepard parece inspirado en el cuento de *Mortella*. Una mujer anciana no puede tener descendencia y por obra mágica logra tener una flor blanca como hija. La cuidaba con fervor...

Recordé la flor blanca que había en la habitación de la chica violinista.

—Avanzado el cuento, ella se vuelve mujer y se convierte en la amante de un príncipe. Sus antiguas amantes aprovechan su ausencia para colarse en la noche en su habitación y matar a la mujer flor. ¿Lo ves, Julia? ¡Todo está en su lugar y yo fui incapaz de darme cuenta!

—¿Y Olimpia y Mary? —pregunté.

—Lo ocurrido con Olimpia y Mary se relaciona con el cuento *La gatta cenerentola*, que luego fue conocido como *La Cenicienta*. Allí están implicadas una mujer déspota y su asesina, quien la golpea con la puerta de un cofre. Mary Scott sería la Cenicienta, y era por ello por lo que el asesino las necesitaba a las dos en la escena.

—Y por supuesto, hay dátiles, palomas y copas doradas en el cuento —aventuré.

Hans asintió con la cabeza.

Me sentí desolada. Una ráfaga de calor me asaltó en las mejillas. Los cuentos de hadas convertidos en siniestros asesinatos solo porque unas personas inocentes se asemejaban a los personajes de las páginas de un libro.

No sabía si iba a poder manejar ese nivel de maldad sin sentido en mi futuro como agente del FBI.

8

Vi llorar a Hans. Era la primera vez que lo veía hacerlo. Fueron solo dos lágrimas que cayeron de sus ojos.

—¿Qué te...? —comencé a preguntar, pero me callé porque él me tomó el brazo con delicadeza. No deseaba que hablara.

—Has sido tú quien lo ha resuelto. Quien ha resuelto algo que no he podido resolver en toda mi vida. No imaginas las veces que lo he pensado y vuelto a pensar. Cada cosa en la escena del pozo. Ese niño muerto, esa crueldad del encierro, y esa maldita máquina de coser. Creía que me iba a volver loco. Lo entrevisté y no logré avanzar. Mi trabajo sobre su psiquis resultó sobresaliente. Todos los decían, pero yo sabía que me faltaba algo. Estaban las piezas, podía verlas una a una, pero no el conjunto, y un rompecabezas sin el conjunto no es nada. ¿De qué sirve describir una pieza a la perfección, o todas ellas si no conoces el panorama completo? Y tú lo has hecho, Julia. Solo tú —me dijo.

—Qué importa quién de los dos lo haya resuelto —repliqué. Temí que Hans me envidiara. Yo sabía que eso podía matar lo bueno. Había visto muchas veces en mi vida como asistente social de niños con problemas en casa, y luego en mi carrera en el FBI, cómo la envidia podía ser la madre de sentimientos muy corrosivos entre personas cercanas.

—A mí sí me importa, y mucho. Solo debes darme tiempo para digerirlo. Siempre supe que serías la mejor —añadió. No percibí en él reproche. Solo emoción.

—¿Qué haremos? —pregunté.

—Llama a Esther tal como ibas a hacer. Pregunta por Lizzy. Si como creo Anne Ashton ha tomado cartas en el asunto, ya que se lo pedí al salir de casa de las Gramm siguiendo tu sugerencia, Lizzy debe estar más lúcida. Puede que recuerde el nombre del libro, puede que Lorcan se lo haya dicho. Si nombró a las hadas en la carta era porque sabía que con agudeza podríamos llegar a comprender… —dijo Hans, reflexivo.

—Crees que te ha dejado migas en el camino, como en el cuento de Hansel y Gretel —afirmé.

—Sí. Eso creo —dijo Hans, ahora con pesar.

Su mirada había vuelto a apagarse. Fue cuando me di cuenta de que la emoción que antes lo embargaba era algo bueno para él.

Ojalá hubiese pensado más en ello. O hubiese podido detener el tiempo segundos antes de que la sombra de Lorcan Cory volviera a aparecer.

9

EL CHICO de los tragos volvió. Hans pidió la cuenta.

Llamé a Esther Gramm. A regañadientes me comunicó que su hermana no se encontraba allí, sino en un sanatorio en las afueras de la ciudad. Anne Ashton había hecho lo que esperábamos.

Luego de una pequeña averiguación, dimos con el nombre, número y habitación de Lizzy Gramm en un centro de salud. Obtuvimos también el permiso para hablarle. Hice la llamada telefónica.

—Hola, Lizzy. Me llamo Julia Stein y soy del FBI. Estamos investigando el suicidio de Lorcan Cory, sucedido hace pocas horas. Tu hermana nos ha dicho que fueron vecinos hace muchos años. ¿Lo recuerdas?

—Sí. Suelo recordar el pasado con nitidez —respondió la voz al otro lado del teléfono. Su dicción era clara, y su voz, agradable. La única señal de que tratábamos con una persona en recuperación era que hablaba despacio, demasiado.

—¿Qué puedes decirnos de ese chico? —pregunté al

tiempo en que veía a Hans pagar la cuenta de los tragos y recibir una llamada en su móvil.

—Siempre sentí lástima por él. Nadie debe vivir en un hogar como el que él tenía.

—Dicen que se la pasaba leyendo un libro, siempre el mismo —aventuré.

—Oh, sí. Me habló de él una noche. Yo era un poquito más suelta, más libre que Esther y me le acerqué una vez con unas donas que en casa acababan de preparar. Mis preferidas, las rellenas de nata. Las tomó y las devoró. Me dijo que era lo más exquisito que había probado en su vida. Me hizo gracia su expresión. No era una palabra que yo solía utilizar, lo de «exquisito». —De repente tosió.

Luego desapareció la tos y continuó.

—Entonces miré sus piernas. Había dejado allí el libro azul mientras devoraba las donas.

—El nombre, Lizzy. Dime el nombre del libro.

—Era azul mar, con letras doradas y el lomo dorado. Las letras además eran elegantes, alargadas... Pero estaban en otro idioma. Eso lo hizo más enigmático aún para mí.

Volvió a toser.

—«Lo cunto de li cunti» decía. Y luego «el Pentamerón».

10

Agradecí a Lizzy. Antes de colgar, me dijo algo más:

—Lorcan ha tenido mala suerte y él sabía que la tendría. Sé que luego hizo algo horrible. Pero ese que hizo aquello en el pozo no era él. Él era el hombre amable que quería a los niños y a todos. Es, dice Esther, que un mal espíritu lo poseyó, se apoderó de él. Me gusta esa explicación. Es la única lógica. Ese niño, el que yo conocí, aunque solo le hablé aquella noche, porque luego creo que su padre o su madre nos vieron y ya no lo dejaron salir más al patio trasero. Bueno, ese niño no tenía nada malo. Solo estaba asustado.

—¿De sus padres? —pregunté solo para continuar la conversación.

—No, qué va. De mí.

—¿Por qué de ti?

—Porque nadie lo había tratado bien hasta entonces. La amabilidad algunas veces puede llegar a ser lo más atemorizante, cuando solo sucede una o dos veces en la vida. No sabes cómo reaccionar ante ella. Incluso puede que hasta necesites destruir todo atisbo de buen trato porque es algo demasiado brillante en medio de la oscuridad a la que estás acostumbrado. Es algo que siempre me ha rondado la cabeza...

Hizo silencio de repente.

—¿Tu hermana es amable contigo? —le pregunté.

Me enfermaba que esa mujer estuviese al cuidado de Esther Gramm, quien no podía diferenciar la necesidad de la acción humana y médica de la acción divina, y en medio de ese caos, estaba llevando a su hermana a la locura completa.

—Esther tiene un problema en la cabeza. Yo también lo tengo, pero el de ella es diferente. No es capaz de liberarse de su propia sombra —respondió.

Me pareció que su comentario fue algo profundo e inesperado.

—Cuando las personas se secan por dentro es porque han deseado ser otra cosa desde el principio, pero no han sabido lograrlo —continuó explicando.

Ahora no estaba segura si hablaba con la misma persona que hacía pocas horas me había confundido con un extraterrestre.

—Me has ayudado mucho, Lizzy. Espero que te sientas bien allí donde te encuentras. ¿Están siendo amables contigo? —le pregunté.

—Oh, sí. Mucho. Me gusta estar aquí. He vuelto a leer, a ver películas. Adoro las películas. Muchas gracias por llamarme. Llama cuando quieras y puedes venir a visitarme. Me han dicho que las visitas son buenas para mí y yo así lo creo. Además, la ventana de mi habitación permite la vista de un sicomoro precioso. Esa planta es más del este, pero allí está viendo las cosas pasar, y con buena salud. Oye... no sé por qué me parece que tu voz me resulta conocida, pero hay como una niebla en mi cerebro. No importa, ahora eres mi amiga. Eres una persona atenta y eso me gusta. Adiós, Julia Stein —me dijo y cortó.

Mi mente estaba confusa, o puede que conmocionada. Un poco por las palabras de Lizzy Gramm y otra por su cambio. Alucinaba ver como con horas de tratamiento adecuado podía alguien retomar su pensamiento, hacerse capaz de mantener una conversación incluso interesante.

—El *Pentamerón*. Tal como pensaste —le dije a Hans al tiempo en que ponía el móvil en la mesa, porque noté que se había quedado mirándome sin comprender mi silencio.

—Te ha pasado algo con Lizzy Gramm —afirmó él.

—Es que su cambio ha sido muy radical, y me pregunto… —comencé a decir.

Pero en ese momento una persona que conocíamos aparecía tras la puerta de la terraza acristalada y se dirigió con paso seguro hacia nuestra mesa.

11

Se trataba del agente Marcel Marshall.

—He venido en persona a darles la noticia a pesar de que mi esposa no se quedó muy contenta en casa. Habíamos quedado en salir a cenar a un nuevo lugar que sirve las mejores milanesas de la ciudad —dijo apenas llegó a la mesa.

Luego se sentó en una silla vacía, lanzándose en ella como si lo hubiera hecho al vacío.

—Supongo que es buena, por tu cara y tu actitud —dijo Hans centrando su atención en las gruesas manos de Marshall, que había puesto sobre la mesa.

—No solo quienes trabajan en el 935 de la avenida Pensilvania en Washington D. C. son buenos —respondió Marshall moviendo la cabeza hacia la derecha y sonriendo—. Se me ocurrió que alguien en ese centro penitenciario, alguien cercano a Lorcan Cory, debía estar al tanto de si se trataba de un imitador. Así que me lo tomé en serio. Ahora tenemos detenido a un sospechoso. A Andy Jones. Un guardia de seguridad que estaba obsesionado con Cory. Han encontrado en la habitación de su piso recortes de prensa del asesinato de Mía Culp.

—¿Y eso qué? Podía ser un admirador de Cory. No solo hay chicos insensatos, como Peter McCallister, que pasan por eso. Es común que los guardias de seguridad entablen vínculos con los presidiarios, sobre todo si estos son más hábiles, y los guardias, sujetos no adecuados para el cargo —argumentó Hans.

—Sabía que dirías eso, Freeman. Pero no he terminado de contarles. Te pareces tanto a Selena que casi te confundo con ella. Tampoco me deja hablar completo cuando llego a casa. También había información sobre los nuevos asesinatos.

—¿Cuál información? —interrumpí.

—Los cometidos dos años antes, los de Liam Gardner y Alika Shepard. También sobre Olimpia Brannik y la criada. Todo apunta a que este hombre es el imitador —sentenció.

—¿Alguna información que no se haya hecho pública? —insistí.

—Sí. La factura de compra de un par de zapatos muy costosos que entiendo, según el dosier que Hans envió a mi oficina, es un elemento de interés. Y aquí lo mejor: acabamos de comprobar que el ADN del condón en el bosque de Rockingham es el de Andy Jones. Nuestras oficinas se intercambian información aunque a ustedes les cueste creerlo. Algunas veces también somos listos —dijo Marshall con sorna y luego entrecruzó sus manos sobre la mesa.

Aquello eran palabras mayores. Si el ADN era el del condón, pues todo apuntaba a que Marcel Marshall había atrapado al asesino de los cuentos de hadas, al imitador del monstruo Cory.

—Es posible. Pensamos en quienes visitaron a Lorcan Cory, pero no en quienes lo veían a diario. La rutina construye vínculos fuertes, más si se es solitario, de mediana edad, puede que con apetencias sexuales reprimidas. Así Lorcan Cory se convierte en… —dijo Hans, pero lo interrumpí.

—El cortesano con imaginación que distrae a las cortes —completé.

—¿De qué diablos están hablando ustedes dos? —alcanzó a decir Marcel Marshall mientras miraba con ansias la jarra de cerveza vacía que Hans había dejado sobre la mesa.

12

Nos FUIMOS de inmediato a conocer al detenido Andy Jones.

Se hallaba en la sala de interrogatorios del FBI en Epic Center.

Hallamos a un sujeto nervioso a punto de padecer un ataque de pánico, pero que intentaba disimular.

Era alto, delgado, de cejas pobladas y cabello oscuro.

Hans se sentó frente a él. Marshall nos dejó solos con el detenido.

Antes de que comenzáramos a decir nada, él tomó la palabra.

—No he sido yo. Alguien ha puesto en casa eso que han hallado y se ha llevado el condón para inculparme —afirmó con voz grave.

—¿Quién pudo ser? —preguntó Hans.

Él, como yo, notó que Andy Jones hacía como si yo no estuviese allí.

—Esa mujer. Tuvo que ser esa mujer —dijo Jones.

—¿Cuál mujer? —preguntó Hans. Sabía lo que estaba haciendo. Cuando alguien está en la posición de Jones, no hay que enredarlo con preguntas muy elaboradas. Cuanto más sencillas y concretas, mejor. Yo hubiese preguntado exactamente lo mismo y de idéntica manera.

—Dijo que se llamaba Nicole, pero a saber...

—¿Cómo conoció a Nicole?

—En el Bar Sacristía.

«¡Vaya nombre para un bar!», me dije.

—¿Cómo la conoció? —preguntó Hans.

Mientras, yo busqué en el móvil la existencia del mencionado bar. En efecto, había un lugar con ese nombre en las afueras de la ciudad, en lo que antes se había convertido en una zona de tolerancia donde las prostitutas buscaban clientes.

—Como se conocen a las putas —respondió Jones.

—¿Suele ir a ese lugar a buscar compañía?

—Sí. Suelo ir a ese lugar a buscar compañía femenina. Siempre femenina. Y la verdad, Lorcan Cory me daba lo mismo. No soy un pervertido. Los odio. A los pervertidos, pedófilos, sádicos. Lo que hizo ese hombre con su propio hijo es de bestias —sentenció.

—¿Tiene usted hijos? —le pregunté.

Me miró. Sus ojos eran oscurísimos.

—No. Tengo sobrinos. Tommy.

—Ha dicho sobrinos. Falta un nombre —agregué.

—Camelia. Es la más chica.

«Y para ti el único que vale es Tommy. Una pieza más del engranaje de la disminución de las personas solo por ser de sexo femenino», me dije.

—¿Tiene esposa o pareja, señor Jones? —pregunté.

—No —dijo contrayendo los labios y apretándolos entre sí.

—Vaya que hacen ustedes preguntas extrañas. No como los otros que me han interrogado antes.

—Entonces, usted piensa que fue Nicole quien puso en su casa la carpeta con la información de los asesinatos, la factura de los zapatos y quien se llevó el condón usado de su papelera para implicarlo en los crímenes ocurridos en Virginia, en el bosque de Rockingham. ¿Por qué Nicole y no otra de sus acompañantes? —cuestionó Hans.

Lo miré y comprendí. Tanto él como yo pensábamos que Andy Jones era inocente. Quien siguiera el delirio del *Pentamerón* tenía que ser alguien diferente a Jones. Una persona para quien la fantasía cumpliera un papel importante, para quien los símbolos significaran una manera de odio. Jones era un hombre simple, un patán machista que menospreciaba a las mujeres, pero no era el cómplice de Lorcan Cory. Era por eso por lo que la identidad de Nicole resultaba el centro de aquella conversación.

13

—No me parecía que era una puta. Era distinta. Su forma de conducirse frente a la barra de los tragos. También su forma de comerse la aceituna.

—¿Es que en el Bar Sacristía sirven martinis, señor Jones? —interrumpí con sorna. Lo hice adrede. Quería ver su reacción.

—Sí. A mí también me parece ridículo, pero allí está. Cada uno se envenena con el trago que quiera. Y ese bar tiene algunas ínfulas. Con cerveza y *whisky* estaría bien para mí, pero algunas mujeres quieren dárselas de importantes.

Hans disimuló una sonrisa.

—Importantes. Bien. Y Nicole era una de esas. Alguien diferente. ¿Notó algo más en su manera de hablar? —preguntó.

—Sí. Le digo que era alguien instruido. Usaba palabras poco comunes.

—¿Como cuál? —insistí.

—Como «sórdido». Dijo que lo sórdido tenía encanto, o algo así.

—Y a pesar de eso, se fue con ella.

—Oiga, me voy con quien quiera. No era una menor de edad y era hermosa. Puede que mucho para estar allí. Somos adultos y no soy un maltratador ni un tipo violento. Me la llevé a casa, follamos y luego me quedé dormido. Supongo que me puso algo en el trago. Parecía inofensiva, aunque era extraña. Así que, cuando desperté, lo primero que hice fue ver si me había robado algo. Todo estaba en su sitio. No busqué en el fondo del cajón porque no me podía imaginar que hubiese dejado papeles allí. Y tampoco me puse a escarbar si se había llevado un condón.

—¿Cuándo fue su encuentro con Nicole? —preguntó Hans.

—Hace una semana. Y antes que lo pregunte, no tengo coartada para las horas de los asesinatos. Ya los otros me lo han preguntado. He contado con la mala suerte de que ese día, el de la muerte de esas mujeres en Washington, estaba de vacaciones. Se me ocurrió tomar las malditas vacaciones…

Hans tomó su móvil y mostró a Jones una fotografía.

—¿Es esta Nicole? —le preguntó.

Sabía lo que hacía. Mostraba el rostro de Esther Gramm.

—No. Qué va. Nicole era endiabladamente más hermosa —respondió Jones.

En ese momento, entró Marshall a la sala.

—Pues ya hemos terminado aquí, Marcel. Te pediré, por favor, que pongas a algún dibujante experto, al mejor que tengas, a hacer un retrato hablado de la mujer que dijo llamarse Nicole.

Marshall quedó petrificado. Era lo último que se esperaría. Que le creyéramos al hombre cuyo ADN había sido hallado en el condón próximo a la escena del asesinato de Olimpia y Mary. Uno que además tenía en casa pruebas comprometedoras.

Se recompuso, miró con desprecio a Jones y nos acompañó a la salida de la sala de interrogatorios.

—¿Se puede saber a qué estás jugando, Hans Freeman? —preguntó.

—No puede ser él. No encaja en el perfil. Ni digamos no

encaja, es la antítesis del perfil. Creo que es verdad que una mujer lo implicó.

—¿Y quién podría ser esa mujer? —preguntó Marshall confundido.

—No lo sé. Tendremos que pensarlo todo mejor —dijo Hans y me miró.

—Pues en lo que a nosotros respecta, este hombre es el asesino de Olimpia Brannik y Mary Scott porque las pruebas contra él son irrefutables —sentenció Marcel Marshall.

Lo peor era que tenía razón.

Nuestras apreciaciones eran solo ideas basadas en la personalidad de Jones y la personalidad de Cory, en lo que habíamos descubierto sobre la secuencia de los asesinatos a través del libro de cuentos de hadas y en la necesidad del asesino de continuar la esencia de los símbolos de los objetos y los distintos personajes. O Andy Jones era el mejor actor del planeta o alguien muy hábil lo había enredado para que pareciera culpable.

—Está bien, Marcel. Puedes tener razón. Pero complá-ceme en hacer el retrato de Nicole. Solo para no dejar cabos sueltos —propuso Hans.

Marcel Marshall accedió.

Eran las once de la noche. Salimos del FBI de Wichita en dirección al hotel para descansar algunas horas.

Ya en el coche le pregunté a Hans por qué había cedido de forma tan rápida ante Marshall.

Su respuesta me dejó de una pieza.

15

—Fue Marcel Marshall, un joven Marcel Marshall, quien se encargó del caso de Lorcan Cory en su momento. Lo recuerdo. Me lleva doce años a mí. Yo tan solo era un crío. Me entrevistó y lo hizo con delicadeza. Supo tratarnos a Víctor y a mí. Ahora no quiero pasar como un sabelotodo por encima de su autoridad —reconoció.

—Pero tú crees tanto como yo que ese guardia Jones no es el asesino —agregué.

—No. No lo es. Tenemos que pensar, que atender a los detalles. Pero lo haremos mañana. Debemos descansar, Julia —afirmó.

Tenía razón.

Nos despedimos en el vestíbulo del hotel. Él tomó hacia una escalera que conducía al primer piso y yo me dirigí al ascensor.

Miré mi móvil. Tenía una llamada perdida de mamá. También un mensaje de voz. Lo activé:

«Querida hija. Me gustaría mucho que vinieras a casa mañana a almorzar si puedes liberarte un par de horas.

Lamento mucho que hayas tenido que volver para algo que tiene que ver con lo que hizo ese hombre tan salvaje. Me lo ha dicho tu hermano. He escuchado que ha muerto en la cárcel. Merecido se lo tiene. Que no volviera a ver la luz del sol. No te doy más la lata. Te espero mañana si puedes venir. Estará Eldrige también. Él hará la comida. Ha resultado un cocinero magnífico».

Recordé a Eldrige Craig, quien ya tenía más de un año de relación con mi madre. Era un domador de caballos y antes había sido sacerdote. Para la Iglesia católica, lo seguía siendo. Era un hombre instruido, elegante, seguro de sí mismo. Desde que mi madre estaba con él había adquirido energía, y una belleza tranquila, como llena de pureza. Creo que nunca mi madre había sido tan feliz.

Enseguida respondí a mamá que con seguridad iría a casa para comer con ellos.

Su respuesta no tardó ni un minuto, me dijo que moría de la alegría y que también invitaría a Maddy.

A mi buena amiga Maddy.

Salí del ascensor y él me esperaba frente a la puerta.

ME DETUVE sin dar crédito a lo que veía.

Era Hans.

Tardé dos segundos en reaccionar, o mejor dicho, en comprender qué hacía allí.

Pero él me ayudó a hacerlo.

—He tenido una idea apenas toqué el picaporte de la puerta, Julia. Si no estás muy cansada, me gustaría que me acompañaras. Necesito tu mente.

—¿A dónde, Hans? —pregunté intrigada.

—A la vieja casa de Lorcan Cory. Ya tengo la dirección y he comprobado que está desocupada —completó.

Hans seguía siendo Hans. Nunca se daba por vencido.

Conduje a la parte sur de la ciudad.

Llegamos a una calle que estaba junto a una plaza y un pequeño parque.

Todo lucía descuidado.

—¿Qué es lo que quieres encontrar en este lugar? Parece que es un museo. A la vez me preguntó por qué los padres de

Lorcan Cory no vendieron esta propiedad. No creo que les sobrara el dinero —argumenté.

—Por eso estamos aquí. Me ha dicho Stonor que fue el mismo Lorcan Cory el que volvió a comprar esta propiedad. Y entonces me dije, ¿por qué querría volver a ser el dueño de un lugar donde la pasó tan mal? Donde los adultos que debieron protegerlo y ayudarlo terminaron por convertirlo en un niño infeliz. Y creo que hallé la respuesta —razonó Hans mientras se quitaba el cinturón de seguridad. La verdad es que era algo inaudito.

—¿Para qué? —pregunté.

—Porque esta casa será un libro abierto. La ha dejado para que pudiese el mundo ver el espacio donde nació la bestia. Lorcan se concebía a sí mismo como un entretenedor de la humanidad. Como si su identidad hubiese dado cabida al propio cortesano italiano Giambattista Basile.

—Pero… ¿qué dices? ¿Como su propia casa de los horrores? ¿De «sus» horrores?

—Exactamente. Eso es lo que veremos —confirmó Hans

17

La calle estaba silenciosa. Casi nadie vivía en ella. Había casas a los lados de la que fue la casa de Lorcan, y aunque parecían estar habitadas, tal vez lo estaban solo por una o dos personas mayores. Imaginé el lugar como envejecido, como algo rezagado del movimiento que había tomado Wichita en otras calles lejos de allí.

Miré una casa que parecía estar deshabitada. Era la más cercana al número 233, la de Lorcan Cory. Supuse que si Lizzy Gramm veía a Lorcan en el columpio con tanta claridad, aquella debía ser la casa de los Gramm. Me resultó lúgubre, más pequeña que las demás.

—Allí debió vivir Esther —comentó Hans, mirando la misma edificación.

—Sí. Eso pienso también —le respondí.

Caminábamos en dirección a la casa de Lorcan.

—Como sabes, yo conocí a Lorcan de chico. Jamás lo hubiese imaginado viviendo en un lugar como este. En esta calle se respira tristeza, abandono —confesó Hans.

—¿Cómo era Lorcan?

—Era perfecto, genial para nosotros. Amigable, nos comprendía sin que tuviésemos que hacer mucho esfuerzo.

—Y por lo que dijo Víctor Kane, eras su preferido — completé.

—Tal vez exagere. Yo no lo veo así. Nos manifestaba interés a varios chicos —confesó.

En ese momento, ya habíamos llegado a la puerta.

—¿Cómo entraremos? —pregunté.

—Cortesía de Marcel, nos han dejado la puerta abierta. Le he pedido que lo hiciera. Los chicos del FBI de aquí ya han venido a la casa. Lo hicieron desde que se enteraron de que era posible que Lorcan Cory estuviese tras los asesinatos de hace dos años y los de Olimpia y Mary.

Acto seguido, Hans tocó el picaporte, movió y empujó la puerta.

Algo estaba mal allí adentro.

18

La puerta no chirrió.

Adentro todo estaba en su lugar. Las pocas cosas que había.

Un gran salón casi vacío, con únicamente una mesa en medio, cuatro sillas a su alrededor; una estantería con libros, una mesita con algunos vasos, una lámpara y luego podía verse la cocina, también impoluta, ordenada. Ni siquiera el fregadero mostraba signos de envejecimiento, de mal estado. Aquello parecía como una locación de una casa deshabitada, y no una de verdad inhabitada. Había cierta atmósfera de irrealidad, de falsedad.

—Comprendo por qué los del FBI dijeron que aquí no había nada que buscar. Sin embargo, me parecía importante que nosotros lo viéramos con nuestros propios ojos. Esto, tal como está, debió ser para Lorcan el escenario de su niñez —manifestó Hans.

—¿Hablas del vacío? ¿De la nada en donde muchos niños felices tienen cosas? —Quise saber.

Antes, cuando Hans me dijo que asistiríamos a la casa de

los horrores de Lorcan, me imaginé otra cosa; tal vez algo lleno de objetos, así como lleno de objetos estaban las escenas de los crímenes influidas por la lectura retorcida del libro de cuentos de hadas del cortesano.

Avanzamos hasta el estante de libros.

Tomamos uno por uno y los hojeamos. De uno de ellos salió disparada una fotografía. En ella podía verse a un Víctor joven, pero de alguna manera lo identifiqué, y a un Lorcan Cory tal como lo recordé, en ese momento, de una fotografía de prensa cuando mamá hablaba del monstruo.

En ese momento Hans se entristeció.

—¿Qué pasa, Hans? —alcancé a preguntarle.

—Sabía que Lorcan Cory era gay. Sabía que estaba interesado en Víctor, lo intuí. Fue mi primer acierto en cuanto a la psicología de un criminal, pero nunca dije nada —confesó.

Imaginé a un Hans inteligentísimo, intuitivo, dándose cuenta de miradas de deseos, de cosas que no estaban en su lugar a esa edad.

—¿Qué podías hacer? ¿Ellos mantuvieron una relación?

—No. No estoy seguro de que no. Pero si yo hubiese hablado, podría haber puesto la escuela y a la comunidad de padres en alerta ante Lorcan Cory, y tal vez esto hubiese frenado sus impulsos asesinos y lo que luego le hizo a Mía Culp —dijo con la voz entrecortada.

—Un momento, Hans. Sabes que son muchos supuestos. Es imposible y totalmente injusto contigo mismo que te culpes por lo que ese hombre hizo. Aunque hubieses visto que sonaban violines en su cabeza cuando miraba con deseo a Víctor Kane. No puedo creer que te culpes por eso —lo reprendí.

Se quedó mirándome y sonrió.

—Tienes razón. Sé que la tienes —expresó.

—Hay todavía más, Hans. El FBI no te dijo nada de esta

fotografía. Así que no estaba aquí cuando ellos vinieron. Está aquí ahora, porque todo esto ha sido montado para ti. Quien quiera que esté haciendo esto, desea verte destruido. Es como si todo esto fuera un guion hecho para ti. ¿Es que no lo ves? —le pregunté.

—Sí. Es verdad. Sé quién es esa persona —respondió con convicción.

19

—Dime quién es —increpé.

—Lorcan Cory.

—Él está muerto —le recordé.

—Pero lo ha dejado todo dispuesto —afirmó.

Entendía su punto. Había un actor operativo, alguien que estaba cumpliendo su plan, el de Cory. Pero todo había sido ideado por él; la compra de la casa; el arreglo para que solo estuvieran esos objetos y el detalle de haber puesto la foto de Víctor, el buen amigo de Hans.

—¿No crees que haya sido el propio Víctor quien haya dejado esta fotografía aquí? ¿No crees que él sea el asesino? —pregunté.

—Sí lo creo. Tengo que reconocer que es mi principal sospechoso y por ello pedí a Marcel que mantuviera bajo vigilancia a Víctor. Creo que volverá a asesinar. El libro del *Pentamerón* cuenta con cincuenta cuentos. No sé si habrá cincuenta asesinatos, pero estoy seguro de que al menos habrá más de cinco. Sobre todo si no tenemos ninguna prueba para atrapar al culpable y hay pruebas para inculpar a un inocente, como creemos que es Jones. Nos lleva mucho terreno ganado —dijo con pesar.

—Ese libro… quiero decir, ¿hay algún orden según el cual el asesino esté actuando? Me refiero a algún orden en ese conjunto de cuentos que contiene el libro —le pregunté. Antes de que Hans fuese a mi habitación del hotel había pensado mirar el libro de cuentos en la red, enterarme de qué iba.

—No está cumpliendo un orden. Creo que solo están utilizando los que tal vez más gustaban a Cory —respondió.

Todavía me preguntaba a mí misma por qué alguien continuaría esa locura fantástica y aterradora de Lorcan Cory. Me dije, en ese momento, que tal vez sería alguien enamorado de él. Podría ser Víctor, quien a pesar de que Hans no parecía creerlo, supiera que Lorcan Cory lo deseaba y este deseo fuese correspondido. Y ahora, repleto de rabia ante su vida, por lo que hizo la mujer que quiso y lo dejó, y por la muerte de James, estuviese de malas con el mundo. También podría ser Esther Gramm. Esa mujer fanática al extremo podía esconder una pasión inconfesable por el lado oscuro que Lorcan Cory poseía.

Recordaba al hombre de la fotografía cuando lo atraparon, al Monstruo del Pozo. Era atractivo. Mucho. Y según había dicho el propio Hans, era un sujeto inteligente, encantador. Quien pudiese ser importante para unos niños y adolescentes, debería tener algo de una personalidad atractiva.

Y por supuesto, estaba Peter McCallister, quien no ocultaba el deseo que le provocaba Cory. Cualquiera de ellos pudiera estar obsesionado, enamorado de Lorcan Cory.

Hans guardó la fotografía y continuamos mirando los otros libros sin mucha esperanza de encontrar nada más. Solo hallaríamos lo que él deseaba que encontráramos. Como decía Hans, estábamos bailando a su ritmo.

Miramos luego en la cocina, en un depósito de junto, en las habitaciones, en la sala de baño. Nada de interés.

Cuando nos disponíamos a abandonar la casa, recibimos una llamada de Marcel Marshall.

La recibió Hans en su móvil.

Me quedé esperando a que cortara y me contara qué sucedía.

Por su cara, no me parecieron buenas noticias.

20

Habían encontrado otro cadáver.

Se trataba de un abogado laboral llamado Bernard Sarratt.

Pero había algo más en el rostro de Hans.

—¿Qué sucede? Dímelo —me apuré en decir.

Un pájaro nocturno comenzó a cantar de repente. O tal vez fuese un búho. Algo hizo un sonido que comenzaba agudo y luego se agravaba. Además, escuché el aleteo.

—Ni Víctor Kane, ni Esther Gramm ni Peter McCallister pudieron haberlo hecho. Marcel ha dicho que todos ellos han estado bajo vigilancia. Eran personas de interés, dado que tú y yo así lo consideramos y fuimos a visitarlos. Marshall decidió ponerlos en vigilancia sin que lo supieran. Y por supuesto, Andy Jones está encerrado. Así que…

—Estamos en el principio de todo, otra vez. En un laberinto, perdidos. ¡No tenemos idea de quién es el asesino del *Pentamerón*! —expresé con rapidez.

La niebla rosa nos había alcanzado allí, entre la casa de

Lorcan Cory y el coche. Tuve de repente —solo por un instante— la sensación de que él, Lorcan, se estaba burlando de nosotros desde su tumba.

Entonces miré de nuevo, antes de subir al coche, la casa de las Gramm. Me sucedió eso que pasa cuando de repente una idea aparece y pone todo en su lugar, pero eso sucede unos instantes antes de que podamos hacerlo totalmente consciente. Es como si dentro de nuestra cabeza hubiese una estructura de pensamiento que en parte estuviese oculta. Luego la verdad va emergiendo, asciende la lógica de ese razonamiento iluminado por esa nueva idea y de repente todo queda totalmente claro.

Me detuve.

—¿Qué pasa, Julia? —me preguntó Hans.

—Hemos pensado en Esther Gramm, pero no en su hermana Lizzy. Y si…

Recordé lo que ella me había dicho. Me había hablado de algo del pasado, de que solía recordarlo con nitidez. Recordé su voz amable, agradable, su hablar lento. Intenté imaginarla de niña, extasiada ante la personalidad de su vecino, el niño maltratado que a pesar del frío invernal tenía la energía de apagar su llanto e interesarse por un libro de cuentos.

—«Siempre sentí lástima por él. Nadie debe vivir en un hogar como el que él tenía». Eso me dijo hablando de Lorcan Cory —conté a Hans —.Y también se reconoció «más suelta, más libre que Esther». Además dijo que le gustaban las películas, y Cory te recomendó que vieras una. Por eso se le acercó a Cory y le dio sus donas preferidas. ¡He debido verlo! ¿Por qué le daría sus «preferidas»?

—Porque le gustaba aquel chico. Y si era una joven fantasiosa, a quien también chiflaban los cuentos de hadas y castillos… —comenzó a decir Hans.

Ya había captado mi idea. Una suerte de romanticismo funesto entre Lorcan Cory y Lizzy Gramm que quedó congelado en el tiempo y que, de repente, para ella volvió a arder.

21

No sabía por qué Hans no veía tan clara la posibilidad de que Lizzy Gramm fuera la asesina. Lo noté en su cara. Algo lo detenía. Sin embargo, coincidimos en que investigaríamos su coartada, sobre todo al momento de los asesinatos de Olimpia Brannik y de Mary Scott, y nos dirigimos a la escena del asesinato de la nueva víctima.

Nos mantuvimos en silencio. Cada uno en su interior llevaba una mezcla de sorpresa y derrota. Ninguno de los sospechosos que habíamos contemplado podía ser el asesino. Me pregunté si mi idea —sacada de la chistera, habría dicho mi madre— no fue solo para disminuir el sabor de la derrota. Me refiero a la idea de que la asesina era Lizzy Gramm.

Pero me respondía mentalmente que no era así. Lo mismo que Esther podía haber dicho que acompañaba a Lizzy como coartada, pudo haberlo afirmado Lizzy. Ella pudo haber narcotizado a su propia hermana. Estaban esas dos mujeres solas en casa. Así que quizás la coartada de Lizzy fuese tan débil como la de Esther.

Cuando uno concibe que alguien no es capaz por una

enfermedad mental, olvida que esta patología puede ser actuada, y Lizzy tal vez se amparaba en esa supuesta enfermedad para pasar como alguien indefenso, y sobre todo inocuo. Y fue por eso por lo que me sorprendió tanto su cambio; en la mañana me creía una especie de extraterrestre con antenas y en la noche habló conmigo con la mayor de las serenidades.

Aparqué mis ideas por un momento. Ya luego tendría tiempo de compartirlas con Hans. Por ahora había logrado que concibiera de utilidad averiguar la coartada de Lizzy Gramm. Si la vigilancia en el lugar donde se trataba no era elevada, podía haber salido de esa instalación, matar a esta nueva víctima y luego volver. Fue cuando pensé en algo que iba en contra de mi tesis: Lizzy nunca había visitado a Lorcan Cory. Eso era cierto. Y si le hubiese pedido a su hermana que le llevara algo, cartas o mensajes, esta nos lo hubiese dicho, pero sobre todo, no hubiese accedido. Esther Gramm no debía saber nada de lo que en realidad pasaba en la cabeza de su hermana, si es que en realidad era una asesina.

Llegamos a la casa de Bernard Sarratt más rápido de lo que pensé. A esa hora las calles de la ciudad estaban desoladas.

Se ubicaba en la calle Santa Clara del barrio de Orchard Breeze, justo frente al Kiwanis Park. Recordé que me gustaba ir a allí de joven. Ese lugar para mí tenía un encanto especial, porque era sencillo, sin pretensiones y sobre todo solitario. Además, Richard nunca lo mencionaba. La ciudad para mí se convertía en un conjunto de zonas agradables y desagradables según lo fueran o no para mi hermano maltratador. Por supuesto, siempre en sentido inverso a su parecer.

—¿Qué clase de hombre sería Bernard Sarratt?

Lancé la pregunta cuando Hans apagó el motor del coche.

—Lo he estado pensando todo el camino. De los cuentos

del *Pentamerón* pocos son protagonizados por personajes masculinos; *El Mercader, Peruonto*…, alguno más. Casi siempre los personajes masculinos se dividen en los muy ricos o los muy tontos.

—Pues Basile no previó que con el correr del tiempo ambas categorías podían juntarse, porque hay mucho tonto heredero hoy en día, con dinero y sin cabeza —comenté.

Hans dibujó una breve sonrisa.

—¿Y qué sería para el asesino Sarratt? ¿Cuál de sus categorías? —indagué.

—No lo sé. Ya lo veremos. ¿Rico?, no lo creo. A menos que no gustara de exhibir estatus. No es una zona precisamente para ello. Además, era abogado laboralista. No societario ni internacionalista. Estos, los laboralistas, la mayoría de las veces podrían estar del lado de David, y no de Goliat. Ya veremos qué nos dice la escena sobre la personalidad de Bernard Sarratt —concluyó.

22

BAJAMOS y caminamos hasta la casa número 200. Se hallaba en una esquina. Detrás se abría un área del parque y también al lado izquierdo. Podría decirse que la vivienda se encontraba enclavada en el parque, de alguna manera.

Me pregunté si aquella ubicación no tendría importancia en la retorcida forma en que el asesino o la asesina adaptaba los cuentos del *Pentamerón* en sus crímenes. Tal vez se tratara de un cuento ambientado en un bosque, o algo así. Lamenté no haber tenido aún tiempo para leer los dichosos cuentos.

Recorrimos un camino de asfalto descolorido que se abría entre dos áreas de arena que tal vez, en su momento, exhibieron un bonito césped.

—¿Vivía solo? —pregunté a Hans.

Asintió.

—Eso me dijo Marcel. Era viudo, ya retirado de su profesión. Tiene un hijo. Uno que ha hecho fortuna propia. También abogado. Ya sabremos más.

El equipo forense comenzaba a hacer su trabajo. Vimos una unidad que parecía el vehículo para trasladar al jefe de la investigación y una furgoneta forense aparcada frente a la casa.

Una mujer alta de cabello corto, con aire de aristócrata, se ponía el traje forense junto a uno de los coches. Otra se acercó a ella y le ofreció una carpeta con una hoja en la parte superior. La primera mujer firmó con destreza y rapidez y la devolvió.

«Debía ser la jefa», me dije. En esta profesión, aunque uno no quiera, nota esos detalles. Forma parte del estado de alerta que hemos aprendido a mantener y del que, sabía que ya no podía librarme.

Cuando íbamos a entrar a la casa, una vez que alguien del equipo forense nos ofreciera los protectores de los zapatos y los guantes, apareció Marcel Marshall.

—Pues aquí estamos. Una vez más parece que has tenido razón, Hans Freeman, y yo me he equivocado. Andy Jones no pudo haberlo hecho —reconoció.

—¿Cómo sabes que ha sido el mismo asesino? —pregunté.

—Solo tienen que ver la escena para que lo comprendan —respondió.

—¿Cómo entró en la casa? —preguntó Hans.

—No hay entrada forzada —respondió Marcel.

—¿Quién encontró el cadáver? —pregunté.

—Una pareja de chicos que buscaba salir del «campo visual» de la ciudad. Ya les están tomando la declaración, aunque están algo alcoholizados y drogados. Dicen que vieron la puerta abierta y entraron para pasárselo bien. Pensaron que la casa no estaba habitada. Por aquí hay varias casas que no lo están.

—¿Donde está esa luz encendida, fue allí donde hallaron el cuerpo? —preguntó Hans.

Había visto, cuando nos aproximábamos, el resplandor

que se desprendía de una de las ventanas hacia el lado derecho. Yo también lo había notado.

—Sí —confirmó Marcel.

—¿Encontraron las luces tal cual? ¿Los chicos no encendieron ni apagaron nada? —Quiso saber.

—Que sí. Nadie ha variado nada —respondió Marcel, algo molesto.

—Entonces cuando lo mató, ya era de noche —afirmó Hans y se quedó mirando la edificación—. ¿Y tú qué crees? —preguntó a Marshall.

—Que conocía a su atacante. O que era un hombre muy confiado que abría la puerta a cualquiera que no tuviese pinta de peligroso. Ya me dirás tú. Algunas personas hacen cosas extrañas, pero «tendría sus razones» para abrir la puerta. ¿No es eso lo que sueles decir? Que todo el mundo tiene una razón para hacer lo que hace y todo tiene su explicación. Yo también lo creo, amigo, y se lo digo cada noche a mi mujer. Bernard Sarratt era conocido por ser un buen hombre. Un sujeto con un gran sentido de la justicia, y por esa razón puede que haya sido muy confiado. Este malnacido esta vez acabó con una buena persona —lamentó.

23

—EL ASESINO PODRÍA HABERLO ESPERADO en la casa —sugerí.

—Podría —dijo Marcel. No parecía haber contemplado esa posibilidad.

Escuchamos unos pasos provenir del mismo camino que habíamos tomado para aproximarnos a la casa.

—Allí viene Lilian Peterson —anunció Marshall—. Es la mejor, pero no es nuestra. Es de la tribu de Anne Ashton, del Departamento de Homicidios de Wichita —explicó—. Sin embargo, más de una vez hemos acudido a ella por alguno que otro caso.

Me di cuenta de que su cara se transformó. Le atraía la forense Lilian Peterson. Era un hombre casado. En más de una oportunidad había nombrado a su esposa, incluso acababa de hacerlo. Podría ser esa una forma de recordárselo a sí mismo, para no caer en tentaciones.

—Hola. Al parecer, este día se niega a terminar —dijo la mujer recién llegada. Era la misma que yo había visto antes firmar una hoja.

—La muerte de este hombre ha sido un poco… —comenzó a decir Marcel, pero Lilian lo interrumpió.

—No me digas nada. Espera a que lo vea. Me conoces bien, Marcel. Desde hace tantos años que ya es mejor que ni siquiera los contemos. No me gusta hacerme una idea preconcebida, sino que la escena me lo diga todo —completó.

Hans la miró con interés.

La forense, en cambio, me miró a mí.

—Debes ser Julia Stein —dijo—. Un placer. Anne me ha hablado de ti. Y por supuesto, decir que ha hablado de ti es una obviedad, Hans Freeman —añadió cambiando la mirada hacia él—. En realidad, todos aquí sabemos quién eres tú. La verdad es que hasta mi hija lo sabe. Una vez me confesó que leyó un libro tuyo y para terminarlo estuvo toda la noche en vela, sentada en el sillón de la sala de casa —manifestó.

No me había equivocado con ella. Tenía una apariencia muy diferente al resto de forenses que había visto antes. Más parecía una actriz de película, no joven ni lo bastante hermosa para ser la principal, pero sí dotada de un porte linajudo difícil de conseguir. Llevaba unos pequeños diamantes en sus orejas. Tenía desenvoltura de galgo.

—Mucho gusto —respondí.

Hans también dijo algo.

Comenzamos a caminar hacia el interior de la casa. Transitamos por un pequeño corredor y nos detuvimos en el umbral de una puerta. Esa zona estaba un tanto oscura. Se reflejaba la luz del exterior por medio de unas ventanas y también una que entraba desde la habitación de la derecha.

—De camino hacia acá he pensado que esta zona de la ciudad no parece pertenecer a ella, es como si se tratara de un bosque. Lo digo por la cercanía del parque, que además es tan virginal, tan poco intervenido —contó la forense—. Esperemos que el asesino no sea el hombre que porta la cabeza en su mano derecha, que monta un caballo negro y se alumbra con la materia en putrefacción de su propia crisma sonriente a modo de linterna.

—¿Cómo si estuviéramos en Sleepy Hollow? ¡Por todos los cielos, Lilian! Es por esto por lo que mi jefe no te ha propuesto una oferta de trabajo tan jugosa que no podrías rechazar. Eres realmente extraña, Lilian Peterson, con esa imaginación que siempre has tenido —se quejó Marcel.

—No es así. Lo que dice tu jefe es que no soy lo suficientemente racional para entrar en el FBI. Pero tampoco lo he deseado jamás. Me va muy bien en el Departamento de Homicidios —respondió Lilian Peterson.

Detrás de nosotros venían otros técnicos forenses.

—Vayamos hacia el estudio iluminado. Allí está el cadáver —propuso Marcel.

Yo, mientras ellos hablaban, observaba las paredes de la casa.

—¿Qué pasa? —preguntó Marcel.

—Es antigua —respondí.

—Sí. Como casi todas las de por aquí —dijo Hans.

—Esta es de las más apartadas —puntualicé.

Tuve la impresión de que la casa había estado deshabitada desde hacía años. Comprendí por qué los chicos pensaban que lo estaba. Era como si Bernard Sarratt fuese un fantasma, un ser sin materia. En el salón que atravesábamos había dos sillones, un sofá, una mesa, varias figurillas de gatos de madera, y otros objetos, pero todo estaba en su lugar. Los cojines sobre el sofá lucían como si desde mucho tiempo atrás nadie los hubiese tocado.

—Este lugar... —comenzó a decir Hans, pero dejó la frase inconclusa.

—¿Qué? —preguntó Marcel.

—Es interesante. Hace que Bernard Sarratt sea interesante —se limitó a decir.

Presentía también que la selección de la escena del asesinato significaba algo importante para el asesino.

Caminé mirando el espacio, los objetos, el suelo, el techo. No había nada hasta ese momento que me pareciera fuera de lugar. Era un espacio que inspiraba algo pasado y también un poco de abandono, pero todo lo que veía parecía haber estado allí. Era coherente.

Nos detuvimos ante la puerta abierta del estudio. Noté que había algo pequeño y alargado en el suelo. Parecía una rama de algún pino. La miré y me di cuenta de que no estaba seca. Alguien la había traído adherida en el zapato o en la ropa, tal vez en el pelo. Pudo ser el mismo Sarratt, pero también pudo ser el asesino.

—Lina, cariño, recoge esa ramita. Toma una foto antes —dijo la forense a alguien que venía tras nosotros.

Dimos varios pasos dentro de la habitación. Estaba iluminada. En medio, sobre una alfombra sepia, estaba el cuerpo de Sarratt. Más correcto es decir que se hallaban algunas partes del cuerpo de Sarratt.

24

EL HOMBRE yacía bocarriba y desnudo.

Sus orejas estaban separadas de su cuerpo. Una a cada lado.

Asimismo, sus pies estaban cercenados a la altura del talón. Los ojos y la boca, estaban cubiertos por una cinta negra.

No sé qué cosa experimenté al verlo. Era una escena dantesca, pero más allá de eso, lo que deseaba era entender el mensaje del asesino. Por qué había tapado sus ojos, su boca, y cortado sus orejas y sus pies.

Hans caminó más rápido que los demás.

Detrás fue Lilian Peterson.

Miré alrededor.

Había un polvo blanco sobre la alfombra, cerca de los pies de Sarratt. Parecía haber sido derramado allí a conciencia.

Luego miré hacia el otro lado, como siguiendo una línea recta que se desprendiera de las manos del cadáver. Estas se encontraban dispuestas a los lados del cuerpo, con las palmas abiertas. Entonces vi un pequeño tablero de tiro al blanco a la izquierda.

Las orejas cortadas estaban en una posición extraña, como si pretendieran escuchar algo que se desprendiera de la alfombra, puestas con el área externa hacia abajo.

Me acerqué a Hans. Fue en ese momento que me di cuenta de que no habíamos tenido tiempo de decir a nadie el descubrimiento del *Pentamerón*. Ni siquiera a Marcel Marshall.

—¿Esto te suena de alguno de los cuentos que conoces de ese cortesano Basile? —pregunté en voz baja a Hans.

—Sí. Ya sé a qué cuento se refiere este horror —me respondió.

—Ha hecho algo en su espalda. La cantidad de sangre derramada no solo se corresponde con las orejas ni la amputación de los pies. Hay algo más —afirmó Lilian Peterson.

Llamó a alguien del equipo forense y nos pidió que nos hiciéramos un poco hacia atrás.

La observábamos. El técnico con la cámara tomaba fotos y luego ella le hizo una señal. La propia Peterson, con ayuda de dos técnicos, movió el cuerpo de posición.

Uno de los presentes lanzó una exclamación. Alguien, además de Marcel Marshall.

—¡Por todos los cielos! ¡Qué maldito! —exclamó él.

25

La espalda de Bernard Sarratt estaba deshecha. Había sido herida con un arma punzante y penetrante, pero también golpeada con tal vez un martillo o algo similar.

—*El ignorante,* o *Lo 'ignorante.* El octavo cuento de la tercera jornada del *Pentamerón* —susurró Hans.

Pero Marcel y Lilian Peterson lo escucharon.

—¿De qué diablos estás hablando? —preguntó Marcel.

—Está hablando de *Il Pentamerone,* de Giambattista Basile. Los hermanos Grimm tomaron algunos de sus cuentos y los convirtieron al consumo infantil, más o menos. Pero en verdad no tenían nada de infantiles —afirmó Lilian.

Hans y yo la miramos.

—Lo siento. He sido criada en una casa en la que nunca faltaron ni los caballos ni los libros. Era fácil colarme de noche o bien a las caballerizas a acariciar a mi caballo Pulgarcito, o bien a la biblioteca de mi abuelo —explicó—. Este cuento en particular me parecía de los menos perturbadores de la colección completa de Basile —sentenció.

—Si alguien quiere explicarme, me encantaría que lo hicieran —se quejó Marcel.

Hans miraba el cadáver entonces.

—Creemos que hemos hallado la fuente de los símbolos, de los objetos que el asesino deja en las escenas. Se remonta a un libro de cuentos que significó algo importante para Lorcan Cory en su niñez. Y es justamente el libro que ellos han mencionado —le dije a Marcel.

—¡Que nos lleve el diablo! ¿Cómo han llegado a esa conclusión? —preguntó extrañado.

—Julia lo ha resuelto. En este caso, lo importante no es Bernard Sarratt, sino su hijo. Por eso ha dejado todo esto aquí. Es algo cruel. Porque este hombre nunca hizo nada malo en su vida. Solamente… —comenzó a decir Hans y luego se calló.

—«Un hombre muy rico tiene un hijo llamado Moscione al que envía a Levante para que aprenda sobre otros países y espabilé» —comenzó a recitar la forense—. El hijo de Sarratt… ¡Claro!, por eso el apellido me parecía conocido. Se trata de Forrest Sarratt, el rico abogado en derecho fiscal y bancario. Mi marido lo conoció en el club de golf —completó Peterson.

—Y de seguro el chico cuenta a sus íntimos que su padre no daba ni medio dólar por él, que lo creía un cretino, y resulta que ha superado con creces la fortuna que jamás pensó tener Bernard, o que no le interesaba tener. Puede que se trate de dos personas orientadas por motivos muy diferentes. El hecho es que la relación entre padre e hijo ha servido al asesino para recrear el cuento de *El ignorante*.

—Creo que es la primera vez que veo algo así en mi carrera. Una cosa es que la gente mate por dinero, por venganza, por resentimiento. O porque alguien le ganó en una partida de póker. Y otra es que se escoja a unas personas por el simple hecho de que podrían presentar rasgos similares en un maldito cuento —exclamó Marcel Marshall, demostrando hastío.

—«Los cuentos de hadas hacen que los ríos corran con vino solo para hacernos recordar por un salvaje momento que corren con agua». Lo dijo G. K. Chesterton —completó la forense Peterson.

¿Quién estaba siguiendo el juego de Lorcan? ¿Quién derramaba ríos de sangre en su nombre?, me pregunté.

Entonces, escuchamos voces en el exterior. Un hombre gritaba:

—¡Tengo que ver qué le han hecho a mi padre! ¡Tiene que dejarme entrar!

26

—Agente, tiene que ver esto —dijo uno de los técnicos que registraban la escena. Se había dirigido a Marcel Marshall.

Hans, Marcel y yo lo seguimos. La forense se quedó en el estudio.

Llegamos a una sala de baño que se encontraba cerca.

En el espejo se leían, en tinta negra, las palabras:

«Para Hans. Solo llevamos seis. Apenas empezamos».

¡No podía ser! Sentí mucha pena por Hans. Ya tenía bastante con la culpa por no haber advertido las intenciones de Lorcan Cory con su amigo Víctor. Con recordar los días de escuela y lo mal que se portó con Ray, el chico débil al que hacía acoso su nefasto amigo Goren. Ahora también el asesino ofrecía la carnicería que había infringido a Bernard Sarratt a Hans, y con ello contaba seis víctimas; Mía Culp, Liam Gardner, Alika, Olimpia, Mary y ahora Bernard. Esto podría ser demasiado para él, considerando que los principales sospechosos habían quedado libres de sospecha.

Vi como Hans miró las palabras escritas y las repitió en voz baja, como si quisiera encontrar algo entre líneas. Pero no había nada. Estaba segura de que tampoco hallaríamos huellas en ninguna parte. El criminal era inteligente. Todo lo que dejaba en las escenas era calculado. Incluso la huella del zapato italiano, ahora pensaba que había sido planeada y no un descuido. También el condón. Todo era para culpar a Jones. Quería tomarle de la mano a Hans, abrazarlo. Me contuve.

Marcel dijo algo al técnico forense.

Salimos de la escena.

Afuera pude ver a un hombre que vestía un traje elegante, contenido por agentes policiales que debieron llegar después que nosotros.

Caminamos de prisa. Nos despedimos de Marcel, quedando en que al otro día lo veríamos.

Hans y yo subimos al coche. Yo tomé el volante. Deseaba llegar al hotel, y que Hans pudiera descansar. Sabía cómo se ponía cuando algo lo obsesionaba.

Intenté distraerlo.

—El círculo de tiro al blanco, el polvo blanco, las amputaciones de pies y orejas. ¿Qué significan? —pregunté con esa intención.

En realidad, en ese momento me interesaban poco las simbologías que el desgraciado asesino dejaba a su paso. Casi que hubiese preferido en ese momento llevarme a Hans, tomar un vuelo nocturno a Europa, a Canadá, al sur de España, a una playa hermosa y olvidarme de todos los horrores; salvar a Hans.

—En el cuento, el chico subestimado por el padre parte rumbo a Venecia y encuentra a su paso a un hombre tan veloz que no deja huellas en la harina, a uno que es capaz de escucharlo todo poniendo su oreja en la tierra, a otro que sopla de manera feroz, a uno que tiene una increíble puntería y a otro que puede llevar en su espalda un peso inaudito.

A medida que Hans hablaba, iba comprendiendo cosas de la escena. Al final, las entendí todas. Por eso había tapado la boca de Bernard, para dejar claro que él no tenía la capacidad de «soplar fuerte», como sí la tenía el amigo de su hijo. Y tapó sus ojos también para distinguir al hipotético amigo de su hijo con «buena puntería» del propio Bernard, que nunca tuvo la puntería de hacerse rico, como su hijo. Estaba claro que Forrest Sarratt se había sabido juntar con personas influyentes que le dieron un lugar en el bufete que lo hizo rico. Lo de la harina estaba claro, también lo de las orejas pegadas al suelo y el destrozo en la espalda.

—La inteligencia del ignorante radicó en saber con quién juntarse. Era lo que el padre no había previsto cuando creía que su hijo era un bueno para nada por no ser tan inteligente. No contaba con su inteligencia social —sentenció Hans.

Hablaba despacio y con un tono de voz muy bajo.

Estaba hecho polvo.

QUERÍA DECIRLE que debíamos dejarlo todo atrás, que comenzáramos en otra parte, lejos de asesinatos cometidos como ofrenda para él.

Él podría dar clases donde quisiera. Yo podría ocuparme en trabajo social con víctimas. Sabía lo que era estar del otro lado, sabía lo que era tener miedo, ser maltratada, y lo había superado. Además, tenía la calificación de agente. Incluso podría dar clases de superación de maltratos y defensa personal. Ambos podíamos reinventarnos.

Pero cuando iba a proponerle todo eso, Hans encendió el radio del coche. No dejaba de pulsar el botón de cambio de emisora.

—¿Buscas algo en especial? —pregunté.

—Algo que te guste. Sé cuándo una canción te gusta. Tengo en la lista varios cantantes. Ya son más de tres años juntos, Julia. Te conozco. No creerías cuánto —me desafió.

Los dos sonreímos.

No encontró nada que según él me gustara. Apagó el

radio y se puso a mirar por la ventanilla, las luces de la ciudad.

—Llévame a casa, Julia. Te prometo que dormiré. Mañana pensaremos mejor y atraparemos a ese malnacido o malnacida —me propuso.

—Claro que lo haremos —respondí.

—Nos entrevistaremos con Lizzy Gramm después de la reunión con Marshall. ¿Te parece? —me preguntó.

Asentí.

—En casa me habían invitado a comer. Me gustaría que vinieras conmigo. Ya una vez quise invitarte, pero no te dije nada. Ya sabes, uno siempre dejando pasar la vida y lo importante —reconocí—. Sé que estamos en medio de un cataclismo, o algo así. Perdidos en este caso, pero me gustaría...

—Claro que iré. No pasa nada porque visitemos a tu madre al menos una hora —me respondió.

Era posible —solo era posible— que lo que Hans sintiera por mí fuera un buen antídoto para sus obsesiones.

Jamás pensé que aceptaría. Después de todo, Hans Freeman sí había cambiado. Y lo había hecho gracias a mí.

28

AQUELLA NOCHE DORMÍ como un lirón.

Esperaba que Hans también lo hubiese hecho.

Desperté a las siete, me di un baño rápido y bajé a tomar un café con Hans. Lo vi mejor. Por alguna razón, estaba soportando el caso y su particular implicación en él, esa sombra de Cory. Parecía descansado.

Comí una tostada y él un plato de desayuno americano. Me gustaba verlo comer. De repente, y no sé por qué, lo imaginé sin barba. Se veía más joven, menos atormentado. Sonreí.

—¿Qué estás pensando? —me preguntó, intuitivo.

—Nada —respondí, todavía con una sonrisa.

Me tomó la mano y la besó. Luego la apartó.

Pagamos y salimos de allí.

La reunión con Marcel Marshall no dio buenos resultados. Jones ya estaba libre. Había un retrato hablado de la mujer que llevó a casa y que según él había dejado las pruebas en su contra. Tanto Hans como yo teníamos la esperanza de que fuera Lizzy Gramm, pero no fue así. No se parecía en nada.

Así voló en pedazos mi última teoría sobre la asesina.

Todo llevaba a pensar que se trataba entonces de una mujer, pero ¿quién?

El resto de la reunión consistió en aclararle a Marshall el asunto del *Pentamerón*. Nos escuchaba con atención. Luego los tres repasamos los cuentos. En efecto, eran cincuenta cuentos distribuidos en jornadas de diez cada una. Las jornadas eran secciones que los dividían. Recordamos que la esencia de todo eso era el entretenimiento en palacio. Así los cuentos debían entretener cinco días.

Algunos me parecieron terriblemente crueles. Otros más infantiles. Con mucho se distinguían de los cuentos de hadas que conocí de chica. El peor de todos era el llamado *Sol, Luna y Talía*, que se correspondía con el consabido *La bella durmiente*. Que además fue el escogido por Lorcan Cory para asesinar a Mía Culp.

No sacamos ninguna pista en torno a la reunión. Marshall quedó en profundizar en la coartada de Lizzy Gramm, aunque el retrato hablado de Jones no nos condujera a ella.

Salimos de la oficina del FBI para hablar con ella. Hans me acompañaría, pero solo yo la entrevistaría. Pensamos que de esa forma era posible que Lizzy se sintiera más en confianza. O al menos, de ser la asesina, podría creer que yo solo la visitaba porque ella me había propuesto que lo hiciera y como secuencia de una línea de investigación para una persona de interés.

29

Todos los sanatorios mentales me parecen iguales. Blancos, asépticos, impersonales. El Instituto Corpus Christi no era la excepción.

Se trataba de un edificio de cinco plantas blanquísimo con dinteles color turquesa. Eso imprimía cierto aire diferencial en el exterior, pero cuando uno se internaba en él, tomaba la misma atmósfera de los que había conocido antes.

Hans se quedó esperándome en la cafetería y yo subí al piso tres, en donde se hallaba la habitación de Lizzy.

Olía a verbena. Es mejor decir que el desinfectante que usaban para limpiar los pisos dejaba en el ambiente un ligero olor a verbena, pero contaminado con otro producto que recordaba al olor del cloro.

Una vez ante la puerta de Lizzy, me detuve, inspiré profundo y empujé.

No la hallé en la cama. Al principio me alarmó. Luego comprendí que estaba en la sala de baño.

Escuché el ruido del inodoro expulsar el agua. También la puerta abrirse. Yo me hallaba detenida muy cerca de la puerta. Entonces la vi. La misma mujer que había dicho que debía raparme la cabeza. Pero ahora la cordura había contribuido en suavizarle las facciones, y su mirada también era diferente.

—Hola, Julia Stein. Qué bien que has venido. Me alegra un montón. No recibo visitas. Ninguna —confesó.

Me pidió que me sentara en un sillón cercano a la cama. Ella se acomodó en ella y luego me miró y sonrió.

Yo me senté en el lugar que me indicó.

—Lizzy, sabes que es de nuestro interés profundizar en la vida de Lorcan Cory. Es posible que esté conectada a nuevos asesinatos. ¿Sabes de lo que hablo? —pregunté, tanteándola.

—Sí, claro. Es increíble.

—¿Qué te resulta increíble? —Quise saber.

—Eso. Que alguien está siguiendo el *Pentamerón*.

¿Cómo diablos sabía eso Lizzy Gramm?

30

—¿DE dónde sacas eso? ¿Conoces el libro de cuentos?

—Claro. Se llama *El cuento de los cuentos*, y era lo que leía Lorcan. Lo leí de pequeña. Pero no me gustó para nada. Creo que revela muy bien lo intrigante y morboso que eran los nobles. Una vida sin propósito y sin trabajo, sin duda. No es mi estilo.

—Ya. ¿Cuál es tu estilo? —pregunté.

—Bueno, suena un poco presuntuoso decir que tengo un estilo. Pero si lo tuviera, sería más delicado sin duda. No me gusta la sangre. Nunca me ha gustado. Soy una persona temerosa y no me importa admitirlo. Es como si no me importaran mucho las máquinas, lo material, las cosas peligrosas. Me encantaría tener otra naturaleza en la que no hubiera materia y uno pudiera salir a volar todas las noches. También me gusta la fantasía, y sobre todo los cuentos medievales — afirmó.

Cada vez me parecía más claro que me hallaba ante alguien con una mentalidad un tanto infantil.

—¿Qué te pasa con la sangre, Lizzy? —Quise saber. Esa mención a «la sangre» me pareció llamativa.

—Que no puedo verla. Me enfermo. Eso me pasa desde niña.

En ese momento, alguien abrió la puerta de la habitación. Se trataba de un enfermero que venía con una bandejita y un vaso pequeño con varias pastillas.

—Hola, Charles. Buenos días. Ayer no estuviste tú, sino Kathy. Me gusta más cuando vienes tú.

—Hola, Lizzy. Ya no tienes que temer nada de Kathy. No te pincharemos más. Te han cambiado el tratamiento y solo tomarás de estas —dijo y levantó el vasito.

Me puse de pie y me aparté. Me di cuenta de que «Charles» era bueno en su trabajo. Esperó a que Lizzy tomase todas las pastillas y luego le pidió que abriera la boca.

Así comprobaba que las hubiese consumido.

Cuando el enfermero iba a salir de la habitación, yo me fui tras él.

Una vez afuera, le hice una pregunta, y su respuesta me brindó una clave que a su vez me dejó más confusa.

LIZZY PADECÍA FOBIA A LAS AGUJAS. Esta se desprendía de una fobia a ver sangre. Padecía hematofobia. Charles, el enfermero, me aseguró que no era imposible que fuese fingida. El día de ayer presentó una crisis cuando Katherine Wilson iba a pincharla. Lizzy se desmayó, perdió el conocimiento. Si Lizzy no podía ver sangre, no podía ser la asesina. La escenas eran sangrientas.

Así que la posibilidad de la culpabilidad de Lizzy voló por los aires. Ya no tenía nada que hacer allí. Volví adentro. Me despedí de ella. Le deseé que pronto se recuperara del todo y también le sugerí que sería buena idea que considerara vivir sola o con otro familiar diferente a su hermana Esther.

Su respuesta me dejó de una pieza.

—Es cierto. Lo he pensado. Sobre todo ahora que creo que Esther no es la Esther que creemos.

—¿Por qué dices eso? —pregunté.

—Porque ella ha mentido.

—¿Sobre qué?

—Está obsesionada con lo que pasó en el pozo, con lo que

hizo Lorcan Cory. Y ha visitado ese lugar más de una vez. No ha querido decírmelo, y espera a que yo me duerma para salir. Pero yo finjo que estoy durmiendo. Estoy segura de que ha ido para allá muchas veces. Es un bosque, como el bosque de Sherwood... Hay unos abetos de madera muy clara y también otros pinos hermosos. Algunos de ellos en peligro de extinción. Es una lástima.

Recordé la ramita que vi en casa de Bernard Sarratt. Pero no podía ser Esther Gramm, se suponía que había estado bajo vigilancia policial.

—¿Cómo sabes qué árboles crecen en ese bosque? —inquirí.

—Porque recuerdo que una vez fui, de niña. Me pareció un lugar encantador. A Esther no le gustó para nada. Sabes que la diferencia entre ella y yo fueron sobre todo los juegos. El tipo de juegos que nos apasionaba. Ella siempre se acompañaba de una muñeca que mamá le había regalado. En cambio, yo jugaba con todo, con piedras, con las nubes. Mis juegos eran infinitos.

—Lizzy, ¿es posible salir de tu casa de alguna forma en que alguien que vigile en la calle no lo sepa? —aventuré.

—Claro. ¿Cómo crees que me escapé la otra vez? Hay un sótano que Dios sabe para qué se utilizaba en su momento, que se abre camino un poco más allá de la construcción de la casa y culmina en la parte posterior, que conduce a la otra calle. Pero Esther dice que está mal caminar por allí, que la casa puede caerme encima.

Salí de allí y avisé a Hans. Luego llamamos a Marshall.

¡Era posible que la vigilancia hubiese sido burlada! Marshall tuvo que reconocer a regañadientes que esa era una posibilidad.

Nos dirigimos a casa de Esther Gramm. Quedamos en encontrarnos los tres frente a su puerta. No la pondríamos sobre aviso. Solo la interrogaríamos, justificando el nuevo encuentro como parte de las investigaciones de rigor. Según Marshall, Esther se hallaba en casa al momento del asesinato de Bernard Sarratt, pero ahora eso podía variar.

Tardamos doce minutos en llegar. Cuando lo hicimos, ya Marshall se encontraba en el sitio. Noté su frente perlada. No estaba en forma, y era posible que ya fuese hora de que el agente se retirara. El caso podría estar significando demasiado para él.

Iba a preguntarle si se encontraba bien, pero al final no lo hice.

Tocamos a la puerta. Esther Gramm abrió y nos miró con cierto reparo.

—¿Qué desean ahora? Ya se han llevado a mi hermana y solo Dios sabe lo que están metiendo en su sangre. Químicos, sustancias asquerosas. No sé para qué vienen ahora —repitió.

—Nos gustaría hacerle unas últimas preguntas, señorita Gramm. Será breve —manifesté.

Nos permitió pasar.

Era interesante la forma como Esther Gramm nos trataba. A mí me miraba mucho más que a Hans y a Marcel. A este último lo esquivaba. Me dije que Esther era de las personas que intentan escapar de las tentaciones. Podría ser que Marcel Marshall le pareciera un sujeto atractivo, sumamente varonil por su corpulencia. Pero luego, esa inhibición del pequeño placer que podía significar ver a la cara a un hombre que le gustara, podía tomar una forma monstruosa en su interior, de a poco. Lo mismo pudo pasarle con Lorcan Cory. Tal vez, en efecto, comenzó a visitarle los domingos como un acto religioso y luego eso se convirtió en otra cosa.

Nos sentamos en la sala, en la misma de la primera vez.

—He visto a su hermana. Se encuentra muy bien —le dije.

—Vaya… es más de lo que he podido hacer yo. No me han dejado verla —se quejó.

—¿Dónde estuvo usted anoche, señorita Gramm? —pregunté.

—Puedo decir que estuve aquí, pero no es cierto. Las mentiras son del demonio. Sé que han puesto unos hombres a vigilarme. No soy tonta. He salido, tengo mis métodos. He ido a la iglesia. Pueden preguntarle a al menos doce personas que han estado conmigo haciendo oración del espíritu. Desde las siete de la noche hasta pasadas las once. Se extendió la charla que brindó August —dijo.

Acababa de volar la culpabilidad de Esther Gramm en mil

pedazos. Por la entonación que dio a sus palabras, estaba segura de que su coartada era más que comprobable.

—¿Ha visitado usted el pozo del bosque de Redbud? —preguntó Marcel, me pareció que sin ningún tacto.

Ella lo miró, retadora.

—Sí. Lo hecho. Ese lugar está maldito y hay que liberarlo. Yo me he sentido con la fuerza para hacerlo. Como un instrumento del bien. Y he visto a alguien rondando por allí. A un hombre.

—¿Lo reconocería si volviera a verlo? ¿Si le muestro unas fotografías, por ejemplo? —insistió Marcel.

—Claro que lo haría. No soy tonta.

Acto seguido, Marcel Marshall tomó su móvil y buscó algo en él.

Hans miraba la escena sin decir nada. Estaba reflexivo.

Esther miró lo que Marcel mostraba en la pantalla del móvil.

—¿Es este hombre? —le preguntó.

—Sí. Es él —dijo ella.

Marcel Marshall nos miró, victorioso.

—Acaba de identificar a Peter McCallister como el hombre que ha rondado el pozo de Lorcan.

33

¿Peter McCallister?

Recordé cuando lo vimos.

Un sujeto frío, impávido. Sin ninguna emoción al decirle que Lorcan Cory había muerto. Quizás no manifestó emoción porque ya sabía que eso pasaría. Porque entre Lorcan y él lo habían acordado. Tal vez estuviese tan enfermo como Lorcan y se concebía a sí mismo como una continuación de Lorcan, como su vengador. A Lorcan lo atraparon muy rápido gracias a Hans y a Víctor Kane, y ahora estaba dispuesto a vengarse, sobre todo de Hans. Era su némesis, movido por un pavoroso deseo sexual por Cory.

Una vez afuera, nos reunimos en torno al coche de Marshall.

—¿Cuál podría ser la razón para que McCallister visitara el pozo de Redbud? —preguntó Hans mientras acariciaba su barba.

—No lo sé. ¿Buscar inspiración para cometer los asesinatos? Tienes que reconocer que es extraño que fuera para allá. Ya es bastante extraño que a esta mujer se le ocurriera ir, la verdad —admitió Marshall—. Sin embargo, yo le creo. Es capaz de concebirse con el poder celestial de sanar ese lugar. En cambio, Peter McCallister allí, me da mala espina.

—¿No estuvo bajo vigilancia también anoche? —interrogué.

—Sí. Es cierto. Y como no sea que su piso, bastante moderno por cierto, también tenga un búnker con salida a otra calle... ¡Este maldito caso! —exclamó.

Hans tomó la palabra.

—Tal como yo lo veo, debemos haber hablado con el asesino. ¿Quién estaría bajo la influencia de Lorcan Cory, que es el origen de todo esto, el que ideó la representación del primer cuento macabro utilizando a la pobre Mía Culp? Debió ser alguien que tuviese un contacto constante con él. Alguien que Lorcan hubiese sido capaz de seducir, de convencer. Y no hablo de los guardias de seguridad. Al menos, en principio. Así que estuvo bien que nos centráramos en quienes lo visitaron más de una vez.

—Pero Víctor Kane solo lo hizo una vez —interrumpí.

—Sí. Pero es diferente. Víctor tenía una relación con él, del pasado —me respondió.

«Como tú, como muchos profesores, alumnos y padres de niños en la escuela», me dije. Aunque era cierto que ninguno de ellos lo había visitado en la cárcel.

—Lo que quiero decir es que creo que no hemos estado equivocados en los sospechosos, sino en una cosa más elemental.

Lo miramos, expectantes.

Hans podía ser desesperante algunas veces.

—En que no es un asesino, sino dos —dijo al fin.

34

Así, de acuerdo con lo que planteaba Hans, Peter McCallister pudo haber estado en casa al tiempo en que su cómplice mataba a Bernard Sarratt. O Víctor Kane pudo haber estado en casa al tiempo en que su cómplice lo hacía. Incluso Esther Gramm pudo haber estado en la iglesia cuando algún cómplice se encargaba de Sarratt, para que nadie sospechara de ella. Hasta Andy Jones podría haber tenido un cómplice y no ser ese hombre simple que fingió ser, sino uno subyugado por la personalidad de Lorcan Cory.

Lo que acababa de decir Hans era, simplemente, demoledor. Pero tanto él como yo, y también Marshall, sabíamos por formación que los actos homicidas tan llenos de símbolos, por lo general, eran cometidos por una persona en solitario.

—¿De dónde has sacado esa idea, Hans? —cuestionó Marcel.

—Me baso en la capacidad de influencia como conector de estos asesinatos. Todos coincidimos en que el origen, la mecha del fuego, es Lorcan Cory. Así Cory influyó a, digamos, al «desconocido A». Para ello tuvo que conversar con él en varias ocasiones. Pero al mismo Cory se le pudo ocurrir la idea de que el «desconocido A» se procurara un cómplice, justamente para que cuando estuviera bajo el manto de la sospecha, saliera de ella. Este «desconocido B» es solo circunstancial, tal vez solo sea necesario una vez.

—¿Qué mueve a B? —interrogué.

—La influencia que ejerce sobre él el «desconocido A» — me respondió.

—Como una cadena. Lo capto. Pero espero que esta vez te equivoques, Hans. Tendríamos que buscar a fondo en los ámbitos de relación de esas cuatro personas que nombraste para ver si damos con alguien sospechoso de ser... el «desconocido B». Creo que me va a estallar la cabeza. He debido retirarme. Mi mujer me lo decía hasta el cansancio... — lamentó Marshall.

Me quedé pensando.

—¿Qué haremos ahora? —alcancé a decir.

—Trabajaremos en los vínculos de los cuatro sospechosos, tal como ha expuesto Hans. También interrogaremos a Peter McCallister en relación con su visita al pozo. Hablaremos con la gente de la iglesia que mencionó Gramm, claro está. Hay trabajo que hacer —dijo Marshall y nos miró de forma detenida.

—Solo me pregunto, ¿no es posible que alguien que no haya visitado a Lorcan Cory se haya visto influenciado por lo que hizo? No sé, alguien que haya descubierto, por lo que ha publicado la prensa de las escenas de los crímenes, el asunto de los cuentos, y solo por eso y una vida de mierda haya adquirido un nuevo sentido existencial. Como quienes con poca cosa se abrazan a misiones suicidas o terroristas, sin conocer más que tres o cuatro ideas sin ninguna profundidad —cuestionó Marcel Marshall.

—Es posible. Todo es posible. Pero pienso que el contacto

con Cory debió haber ocurrido. Si es una persona así como la has descrito, debió haber deseado conocer a su «fuente de inspiración». Al menos una vez. Quizás debamos volver a mirar a los periodistas o psiquiatras que lo entrevistaron alguna vez y que descartamos, puede que en forma temprana —convino Hans.

—Alguien como… —comencé a decir.

—Sí, Julia. Alguien como el mediático doctor Edmund Gross —afirmó.

35

Cada idea que se nos ocurría era peor que la otra. No ampliaba aún más el espectro de sospechosos conocidos y desconocidos.

—Nos vemos en la oficina entonces —dijo Marshall y, con movimientos rápidos, se subió al coche.

Hans y yo caminamos al nuestro.

Noté que tenía una llamada perdida de Anne Ashton. La llamé de inmediato.

—Dime, Anne. No escuché tu llamada —expliqué.

—Solo quería saber cómo iban las cosas. Lilian ya ha terminado el informe forense. Se los enviará en breve. Pero no hay nada de valor, lamentablemente —completó.

Notaba su voz dubitativa. Había algo más.

Puse el altavoz.

—Alexis Carter, mi compañera, ha vuelto a la ciudad. Está aquí conmigo. Y no sé cómo decir esto, cree que deben cuidarse, que han de estar muy atentos. Más que de costumbre. Ha estado en la sala de autopsia y…, en fin. Solo que se cuiden —dijo Anne.

Hans me miró y arrugó la frente.

Moví la cabeza de un lado a otro. Yo tampoco comprendía.

—Hola, Julia. Hola, Hans. Espero que estén bien. Anne me ha contado del caso, lo complejo que está resultando. Lilian también. Parece que ese hombre Lorcan Cory ha sembrado un camino de oscuridad a su paso. Deben cuidarse de ahora en adelante. Tal vez podamos encontrarnos, quizás venir al Departamento. Estamos dispuestas a colaborar en lo posible. La jefa Tonny nos ha habilitado para ello. Ese hombre, Bernard Sarratt, quería mucho a su hijo. Habló de unas tartas con el asesino, descubrió muy tarde su error... —dijo Alexis Carter y de repente se calló.

Era una mujer bastante misteriosa, pero una buena agente. Anne la tenía en muy buena estima.

Agradecimos con algunas palabras y nos despedimos.

Quedamos en pasar luego, en la tarde, por el Departamento de Homicidios de Wichita para ponerlas al tanto de lo descubierto hasta ese momento. Siempre era bueno contar con otras visiones. Marcel Marshall era un buen agente, pero me temía que adolecía de imaginación y ya los años de ejercicio estaban haciendo mella en él. Solo quería resolver el caso como fuera.

—¿Tartas? ¿Ha dicho que habló de tartas? —repitió Hans.

—Sí. Eso dijo. La verdad me extrañó tanto como a ti —reconocí.

—También ha dicho que ha ido a la sala de autopsias. Bueno, eso lo dijo Anne, pero es igual.

—Me pregunto con quién hablaría Bernard Sarratt sobre tartas —lanzó Hans al aire.

Yo me preguntaba lo mismo. Tal vez no fuese mala idea permitir que Alexis Carter participara de manera más activa en la investigación, pero no imaginaba a Marcel Marshall aprobando semejante incorporación.

A menos que lo hiciéramos sin decirle nada.

36

Faltaba poco para las once de la mañana. A esa hora era la cita en casa de mi madre.

Decidimos tomar camino hacia allí bajo la idea de que nos haría bien airear un poco la cabeza. Así podríamos volver al trabajo en la oficina del FBI con mayor claridad.

Me emocionaba volver a ver a mamá.

Esa era la verdad.

Además, me daba mucho ánimo que una mujer como ella, que había perdido tantos años de vida a la sombra de los «hombres de casa», ahora se hubiese soltado un poco. Sobre todo de la mano de su novio, Eldrige Craig.

Craig no era un hombre común. Ahora era entrenador de caballos y antes fue sacerdote jesuita. No podía negarse que mi madre no se había buscado a un sujeto común.

Cuando llegamos a casa, toqué a la puerta. Inspiré y me preparé.

A la primera persona que vi fue a Madeleine, la esposa de mi hermano Patrick. Parecía que el tiempo no había pasado.

Estaba igual a la última vez. La abracé con cariño y le presenté a Hans.

Luego entramos y apareció mi hermano; la buena de Maddy —la mejor de las amigas—; luego mi madre, y detrás de ella, aguardando para no interferir en el reencuentro familiar, estaba Eldrige Craig.

Una vez hechas las presentaciones, nos sentamos en el saloncito. El cocinero designado era Eldrige, por lo cual mi madre, liberada, pudo seguir una interesante conversación con Hans y los demás sin estar pendiente del servicio y las preparaciones de la cocina. Esa libertad significaba mucho para mí aunque ella no lo supiese. Siempre debió ser la mujer que ahora era, fresca, despreocupada, maravillosa conversadora.

El tiempo fue transcurriendo suave, apacible. Nadie capitalizaba de forma antipática la conversación. Yo, la que menos hablaba, solo miraba y sonreía. Quería hacer inmortal ese momento. Por fin, sin la sombra de mi hermano muerto. Ahora sí estaba totalmente muerto porque nadie lo recordaba. Yo tampoco lo haría más.

Nos sentamos a la mesa.

La comida preparada por Eldrige resultó un manjar de dioses. Se trataba de un plato que aprendió a preparar en el norte de España. Pasta rellena con diferentes tipos de carne y una salsa blanca impecable con cierto aroma a nuez moscada. No había probado nada igual. Creo que Hans tampoco. Repitió al menos tres veces los canelones.

Hans se situaba junto a mí y junto a Eldrige, y con él entabló una conversación apasionada sobre la naturaleza de los caballos y luego sobre el concepto del tiempo.

—El concepto del tiempo puede alterarse cerca de objetos masivos según la teoría de Einstein —dijo Hans, y Eldrige le respondió con ideas que todavía lo interesaron más.

Mi madre en ese momento se me acercó y me dijo al oído:

—Menos mal que no se ven con frecuencia. Si no, ni tú ni yo tendríamos nada que buscar. Nos ignoran por completo.

Luego me sonrió y yo también lo hice.

A mamá no se le escapaba nada. Sabía que lo amaba y yo sabía que ella amaba a Eldrige. Éramos personas afortunadas.

37

SALIMOS de casa al cabo de hora y media. El tiempo se hizo corto. Pero debemos volver a la realidad: los asesinatos y la influencia de Lorcan Cory. Apenas subimos al coche, recibimos una llamada de Marcel Marshall. Nos pedía que fuéramos al pozo de Redbud. Había descubierto algo.

Nos dirigimos allí con rapidez, haciendo el trayecto en el menor tiempo posible. Sé conducir bajo presión.

Dejamos el coche donde Hans me pidió. Un poco más adelante, se encontraba el coche de Marcel.

Le pregunté si había vuelto a ese lugar después de la detención de Lorcan. Me dijo que no, que nunca más.

Nos adentramos en el bosque.

Recordé a Lizzy y su descripción de los árboles. Entonces, algo resonó en mi cabeza, pero nuevamente fue solo en lo que he llamado la estructura sumergida. Sabía que algo estaba mal, pero no lograba comprender qué.

Después de varios minutos caminando, llegamos al pozo de Redbud.

Hans supo dónde se encontraba exactamente.

—¿Para qué vendría Peter McCallister aquí? —pregunté en voz alta.

—¿Dónde está Marcel? Es extraño que no nos esperara junto al coche. No es propio de él —respondió Hans.

Cuando iba a contestarle, sentí una sensación muy desagradable en mi cuerpo. Un ardor en la espalda, abajo. No sabía qué me pasaba, pero vi que a Hans le pasaba algo similar.

Y luego perdí la conciencia.

Cuando desperté, estaba junto a Hans en un lugar que olía a tierra húmeda. Estaba oscuro, casi por completo, pero una luz pequeña, que danzaba, se iba aproximando.

—Hans, despierta. ¿Estás bien? ¡Hans! ¡Hans!

Mi voz lo hizo despertar.

Nos habían atacado con un arma eléctrica, tal vez una táser.

Y el atacante venía caminando hacia nosotros.

Nos hallábamos dentro del pozo. Hans y yo miramos hacia la fuente de luz.

Antes de poder ver el rostro del atacante, lo reconocí por su contextura.

El agente Marcel Marshall venía sonriendo, sosteniendo el móvil en modo de linterna en una de sus manos.

PARTE III

1

LA MUJER se levantó y oyó la lluvia en la ventana. Antes, apenas hacía veinticuatro horas, había traducido una conferencia de un experto italiano que versaba sobre la ópera contemporánea, en un pequeño lugar de reuniones del centro de Washington. Desde que llegó a la cabaña se sentía liberada. Nada le gustaba más que estar en ese lugar, y ya había trabajado lo suficiente para poder disfrutar de la bahía más de dos meses continuos. Ella pensaba que no podría trabajar cumpliendo un horario de lunes a viernes como hacían muchas personas. Siempre se concibió diferente.

Caminó despacio y salió a la terraza, que brindaba la vista a la playa.

Se sintió observada desde abajo.

Eran unos ojos verdes, mirándola. Un gato pequeño de cara negra y bigote canoso. El animal maulló.

—Hola, pequeñito…, ¿te has quedado sin comida? ¿No te gustan los cangrejos como a mi vecino? —preguntó al tiempo en que acariciaba la cabeza del gato.

Decidió darle algo de comer. Caminó hacia adentro. Buscó un plato pequeño en el estante de la cocina. Pensó, que si su padre la viera sacar aquel plato para llevarle pescado al animalito, no lo creería. Sonrió pensando en él. Ella siempre había afirmado que no le gustaban los gatos. Pero eso no significaba nada, porque también había afirmado que no se casaría tan joven y fue lo primero que hizo, aunque aquello no resultó como esperaba.

Sintió sus manos temblorosas al sostener el pequeño cuenco gris sobre el cual puso un pedazo de atún rojo crudo que había traído para su cena. Con un tenedor que sacó del cajón superior, presionó el trozo de atún para que se desmenuzara. Pensó que de esa manera le gustaría más al gato. Le agradaría la facilidad de comerlo, aunque después de todo, «era un gato» y sabía separar la carne de las espinas de los peces. Recordó la precisión que, según los dibujos animados que veía de chica, se desprendía de la lengua lijosa de los gatos y que producía el típico espinazo de los pescados, totalmente desprovisto de carne.

Volvió a sonreír. Pensó que era increíble cómo las imágenes y lo que nos pasaba de niños volvía a nosotros una y otra vez. Eso justamente había sido su fortuna. Era una mujer feliz porque había tenido una infancia feliz. La mejor.

Llegó hasta el ventanal donde sabía la estaría esperando su nuevo amigo.

Corrió la puerta, teniendo que soportar el ruido que hacía su desplazamiento. Era como un chirrido, casi un grito. No le gustaba. No debía sonar así. Tendría que aplicar algún lubricante al riel.

Sintió una corriente de brisa templada y algunas gotas de lluvia. Pero sobre todo, el aire puro, algo que no podría tener en la ciudad.

Se agachó frente al animal, que comenzó a maullar en

forma sostenida. Ella sabía que la emoción en cualquier ser vivo significaba una especie de desenfreno, de hacer lo que se sabe hacer, pero con mayor velocidad, como si la vida se fuera a acabar de un momento a otro y hubiese que darlo todo de una vez. Algo así. Eso había experimentado ella misma al conocer a esa persona especial. Por eso temblaba aquella noche. Lo vería. Esa persona le dijo que iría a visitarla en su primera noche en la cabaña.

Escuchó comer al gatito. Lo imaginó comiendo. Invadida por la dulzura que le inspiraba haberlo alimentado, decidió llamarlo «Tuna». Esperó a que terminara de comer y lo despidió tocándole la cabeza:

—Puedes quedarte por aquí en algún rincón bajo techo, Tuna. No adentro. Hoy espero visitas.

Pero el pequeño gato se fue hacia la playa. La mujer pensó que él también la abandonaba, como antes lo había hecho Martin, su marido. Pero ahora podría empezar otra vez con esta persona que había aparecido en el parque junto al salón de reuniones. Parecía conocerla desde siempre. Era afortunada.

Escuchó el ruido del agua, las pequeñas olas llegar a la orilla. Eran tranquilas, confiables. No le gustaban las playas de gran oleaje.

Sintió frío y entró en la cabaña.

La amable mujer no podía imaginar que estaba por llegar su fin. Esa persona acabaría con su vida.

Caminó, temblando, mientras se dirigía hasta la habitación donde se cambiaría de ropa. Lo que le sucedía era real, por fin. Eso se decía.

—Después de todo, siempre he sabido que la vida en sí misma está hecha de riesgos —dijo en voz alta.

Quien la iba a asesinar aquella noche poseía una gran capacidad, casi magia, para hacer que las cosas parecieran reales, y hasta podría besarla antes de matarla, como si la quisiera.

Al asesino cada vez le importaba menos la verdad. Era como un prestidigitador.

Y solo lo movía la venganza.

2

—CREO que estoy viendo algo que jamás había visto antes. Tu cara de asombro, Hans Freeman, vale toda una vida. No sabía que iba a producirme tanta satisfacción. El gran Hans Freeman no lo vio venir... la traición de alguien confiable. Al mejor cazador se le va la liebre. ¿No es así, Julia? —me dijo Marcel Marshall.

Se había detenido a dos metros de nosotros.

Hans guardaba silencio. Creo que su cerebro trataba de pensar qué decir.

Yo quería preguntarle por qué estaba haciendo eso, pero era una pregunta inútil. El motivo no importaba. La razón por la que Marshall estaba cometiendo el delito de habernos atacado y llevado al pozo era lo de menos en ese momento. Lo imaginé matando a Sarratt, a Olimpia Brannik, a Mary Scott, a la joven Alika Shepard. Recordé las fotografías de las escenas de los crímenes y mi cuerpo comenzó a temblar.

—Ella lo dejó... —dijo Hans en un tono muy bajo, como si se estuviese explicando con esa frase lo que estaba sucediendo.

Entonces, una idea resplandeció en mi mente. Era algo que se había quedado en mi subconsciente dando tumbos, y recuerdo que cuando Marshall hizo un comentario, ese algo que comenzó a retumbar me dijo que la conjugación del verbo iba mal. Él había dicho:

«Creo que me va a estallar la cabeza. He debido retirarme. Mi mujer me lo decía hasta el cansancio...».

Eso expresó Marshall cuando lamentaba que hubiese que considerar la teoría de Hans de que el asesino tuviera un cómplice.

¡Habló en pasado!

A eso se refería Hans. Su mujer, Selena, a quien tanto mencionaba, era una invención de Marshall. No estaba con él. Eso pudo ser el disparador de las conductas delictivas del agente, pero tenía que haber más.

—¿Qué has dicho? —preguntó Marcel a Hans con una entonación amenazante.

—Selena, tu mujer, no está contigo. Ahora lo veo. La mencionas demasiado. Pero eso no te da derecho a delinquir. ¿Por qué estás haciendo esto, Marcel? —Quiso saber Hans—. ¿Es que has matado al abogado, a Sarratt? —preguntó.

Lo conocía. Se negaba a creer eso.

—¡No tengo que hablarte de Selena! No estás haciendo una entrevista ni tienes el control en esta situación, gran prodigio, conocedor de la mente criminal. Siempre son esos aires de superioridad que te acompañan los que te hacen insoportable; pero yo te conocí siendo apenas un crío asustado.

Lo odiaba. Odiaba a Hans de una manera fulminante. ¿Por qué no me di cuenta antes? Hizo comentarios sobre la mente brillante de Hans, pero siempre lo hacía de manera irónica. De la ironía a lo despectivo solo hay un paso. Quería destruirlo, ¿pero tanto como para haber asesinado a tanta gente usando el delirio del primer asesino que Hans hizo que atraparan?

Si era así, no teníamos forma de salir de allí con vida.

—Lo siento, Julia. Lamento que estés aquí. Lamento haber tardado tanto… —me dijo Hans en voz muy baja.

Marshall sacó una Glock del bolsillo de su chaqueta.

Apuntó a Hans, a su pecho.

Escuché un grito, una palabra. Y luego, un disparo.

3

Pero el disparo no salió de la Glock de Marshall.

Él cayó al suelo. Estaba inmóvil. Su cabeza sangraba.

Anne Ashton había gritado a Marshall que soltara el arma, pero al ver que esa no era su intención, no dudó en dispararle. Marshall jamás dejaría a Hans con vida. Era como si él fuese el culpable de que Selena Marshall lo hubiese dejado. Absurdo, pero para el agente, así era. Concentraba en Hans toda su frustración y hasta la razón del abandono de su esposa.

Anne se acercó a nosotros, corriendo. Antes apartó la Glock de Marcel con una patada. Le tomó el pulso en el cuello. Movió la cabeza de un lado a otro.

Las lágrimas caían de mis mejillas, incontrolables. Pensé que Hans moriría y luego moriría yo en manos de un hombre cegado por la rabia, por la envidia.

En esos momentos, no recordé nada de mi vida pasada; solo estaba yo y lo que sentía por Hans, nada más. Allí, tan cerca del final, parece que lo único que brilla es lo que en verdad importa.

—¡Hans!, ¡Julia! ¿Están bien? —preguntó Anne.

Sentí la boca seca y un dolor en el hombro derecho. Pensé que me había lastimado al caer, producto de la descarga eléctrica de la táser con la que Marshall nos había atacado.

—Gracias a ti —respondió Hans.

Anne nos ayudó a levantarnos. Me dolían las piernas y los brazos. Los tres miramos el cuerpo inerte del agente Marshall. La linterna que él había llevado consigo yacía a un lado. Anne se había estado iluminando con su teléfono móvil, que ahora también nos iluminaba. Me acerqué al cuerpo y lo miré. Marcel Marshall, un agente del FBI. Todo era terrible.

—Salgamos de aquí —exclamó Anne.

Lo hicimos.

Todavía sentía que había sucedido un milagro, algo imposible.

Una vez afuera, Anne llamó a Alexis Carter.

—Tengo que agradecerte por hablarme sobre un pozo. Si no hubiese sido por tu impresión de que Hans y Julia debían cuidarse, yo no me hubiera preocupado por ellos. Relacioné el pozo con la escena de los crímenes de Cory y vine para aquí. Los encontré junto con Marshall. —le dijo.

Luego escuchó lo que ella le respondía.

Se despidieron.

Hans llamó a la jefa, en Washington. Anne iba a necesitar toda la ayuda e influencias posibles. Acababa de matar a un agente del FBI de Wichita. A uno veterano. Y aunque él y yo sabíamos que no había tenido opción y que Marshall al escuchar su voz de alto no pensaba detenerse, era preciso que la jefa Thousend conociera de primera mano los hechos cuanto antes. De este modo, haría lo que fuera necesario para que Anne no se viera afectada ni un segundo. Sobre todo por lo que podría decir la prensa.

Mientras le contaba lo sucedido a Thousend, Anne llamó a alguien de su Departamento.

—Alexis está al llegar. Varios agentes policiales también. Esto va a ser un circo. ¿De verdad Marcel Marshall ha estado asesinando tanta gente? —me preguntó Anne, incrédula.

—No lo sé, Anne. Pero al menos ha sido cómplice del asesino —le respondí sin pensarlo mucho. Hans se quedó mirándome, como si hubiese dado en el clavo.

4

Las siguientes horas fueron entre tristes y laboriosas. Hans y yo dimos declaraciones a la comisión interna que investigaba la muerte de Marshall. Anne también lo hizo. Luego Hans quiso visitar la casa de Marshall. Allí encontramos pruebas suficientes que hacían pensar que Marcel Marshall era el asesino. La más importante fue el nombre de una mujer llamada Belinda Hargrave, que luego confesó haber sido quien involucró al guardia Jones.

Se trataba de una actriz de baja factura que había cometido otros delitos menores. Tal como anticipamos Hans y yo, Selena Mack, la mujer de Marshall, lo había abandonado, harta del humor del agente, quien veía cómo su carrera se estancaba, a pesar de haber solicitado varias veces un ascenso y una salida de Wichita, ciudad que odiaba en silencio. Nadie se imaginaba siquiera que el sociable y valorado agente Marshall albergaba tanto resentimiento dentro.

Además, el GPS del coche de Marshall tenía guardadas las direcciones de la cabaña de Olimpia Brannik, del motel donde asesinaron a Liam Gardner, y también de la casa de Alika

Shepard. Nadie en la oficina del FBI podía proporcionar información sobre el paradero de Marshall los días y las horas de los asesinatos.

Con la confesión de Hargrave y el reconocimiento que hizo de ella Jones, ya no había nada que objetar. La teoría era que Marcel Marshall había ideado una manera de dar continuidad a la obra de Lorcan Cory, porque estaba fuera del radar de las sospechas. Su objetivo, quien concentraba todo su resentimiento, era Hans Freeman, un chico a quien había conocido en medio del caso de Cory y quien año tras año fue representando todo lo que él no había logrado en la vida. El disparador, lo que hizo aflorar toda la rabia y la frustración fue, por un lado, la fama de Hans, y por el otro, y puede que más importante, que su mujer Selena lo abandonara.

Marcel Marshall había logrado ocultar su verdadero yo, para sus compañeros en la oficina del FBI y ante todos los que lo conocían. Lilian Peterson, la jefa forense del Departamento de Homicidios de Wichita, también conocía desde joven a Marshall y nunca sospechó nada malo sobre él. Ni siquiera Alexis Carter, la perfiladora criminal que tanto Anne, Hans y yo creemos posee habilidades empáticas extraordinarias. Gracias a ella, estábamos vivos. No solo fue el sueño del ogro y del pozo, que pudo ser producto de que todos sabían que se estaba removiendo la horrible historia de Mía Culp por la comisión de los otros asesinatos. Fue que, cuando Alexis tocó el cadáver de Sarratt, experimentó traición, sorpresa. Y es que el abogado de seguro dejó pasar a Marcel Marshall porque lo conocía, porque sabía que formaba parte del FBI y que era alguien confiable. Eso nos lo contó Anne después de que salimos del pozo.

La prensa estaba frotándose las manos. Era una noticia demasiado jugosa; algo nunca visto en Wichita y pocas veces sucedido en el país. Un agente veterano del FBI era un asesino serial, que dejaba símbolos extraños en las escenas. Todavía no se habían enterado de que la guía para tales símbolos era el *Pentamerón*, y si llegaban a hacerlo por alguna filtración en el **FBI** o en el cuerpo de Policía, poco probable pero no imposible, entonces este sería el caso del año, sin duda.

Nuestro papel en Wichita estaba casi terminado.

Acabaría con una rueda de prensa que la jefa Thousend había pedido a Hans que diera para terminar de saldar el asunto. La que estaba convocada para las seis de la tarde.

Pero cuando llegó el momento, cuando Hans estaba a punto de salir a la sala donde iba a brindar las declaraciones en las oficinas del Epic Center, se detuvo en seco. Se dio la vuelta y me dijo algo que ya me estaba temiendo.

El caso estaba muy lejos de ser resuelto.

5

—No CREO ni por un segundo que Marshall haya estado en esto solo, Julia. Era el cómplice y mató a Sarratt para que el asesino de las otras víctimas quedara fuera del radar de nuestras sospechas.

Yo tampoco lo creía.

Era como si el asesino fuese un especialista en aprovecharse del lado débil de personas atormentadas y usarlas a su favor. Y eso lo aprendió de Lorcan Cory, que era diestro en hacer eso. Además, Marshall nunca tuvo contacto con Cory más allá de haber participado en su aprehensión hace muchos años. Lo comprobamos. Nunca fue a la cárcel a visitarlo. Aparte de que, aunque Marshall haya explicado su estancamiento en el FBI producto de la mala suerte o de que tipos como Hans acaparaban toda la atención, lo que en realidad pasaba era que no se trataba de uno de los agentes más calificados. De hecho, sus calificaciones para graduarse en Quantico habían sido muy ajustadas. Era un hombre más ambicioso que capaz, y la estrechez de ideas la compensaba con una personalidad carismática. Pero para haber urdido un plan como aquel se necesitaba más capacidad que la que Hans y yo atribuíamos al agente Marshall.

—¿Qué haremos entonces? —pregunté a Hans.

—Lo que el asesino, o la asesina, quiere que hagamos. Fingir que el culpable está muerto, que fue Marshall, y volver a Washington —me respondió—. Solo contaremos a Anne lo que en realidad pensamos. Ella sabe en quién confiar. La necesitamos para que vigile con discreción a nuestros sospechosos. Es muy importante que no lo noten —completó.

Luego continuó caminando hacia la sala donde aguardaban los periodistas.

Suspiré al verle alejarse. Tuve la sensación de que la trampa que nos había puesto Lorcan Cory era infinita; que nunca saldríamos de ella.

Seguí a Hans y tomé asiento en la primera fila.

Anne se sentó a mi lado. Y a su lado estaba Alexis Carter. Me saludó dándome la mano. Cuando lo hizo, se me quedó mirando fijamente y su rostro se desmejoró.

—¿Qué sucede? —pregunté.

—Te preocupa, Hans, y que esto no termine jamás. Sabes que solo tú puedes hacer que termine —me dijo.

No entendí por qué me decía eso. Sin embargo, estaba segura de que su intención era ayudarme. Tal vez se notaba a leguas que yo no estaba satisfecha, porque no creía que Marshall fuera el único culpable.

No le dije nada a Alexis.

Hans comenzó a mentir ante las miradas, las cámaras y los micrófonos de todos en la sala.

Me di cuenta de que, de alguna forma, Lorcan Cory nos estaba venciendo. Nunca había escuchado a Hans decir tantas cosas falsas como si las creyera. Ahora lo hacía ante el país.

Lorcan había logrado contaminar la esencia de Hans Freeman, su pura autenticidad. Esperaba que pudiésemos dar con el asesino antes de que ni él mismo se reconociera.

¿Por qué diablos yo podía hacer que la pesadilla de Hans terminara? ¿Qué me quiso decir Alexis Carter con eso?

6

Tomamos un avión a Washington al día siguiente. Hans intentaba sobreponerse, pero no lo lograba. Sentía pena por su amigo Marcel Marshall.

No quise retomar el tema de nosotros. No era algo que pudiera tratarse en esos momentos. Ya llegaría el instante adecuado.

Aparentemente, el caso estaba resuelto. Eso creían todos. Ahora pululaban las especulaciones, las interpretaciones sobre la personalidad de Marshall y las razones que lo condujeron a matar a tantas personas. Su expareja, Selena, no estaba en el país y me alegré por ella. Así la jauría mediática no podría alcanzarla. Además, seguro que ya habría tenido bastante con compartir tantos años con un hombre resentido y lleno de inquina.

—He quedado con Anne para una videollamada a las dos de la tarde. ¿Nos vemos en la oficina para ello? —me preguntó Hans. Nos hallábamos cruzando la puerta de salida del Aeropuerto Ronald Reagan de Washington D.C.

Asentí. Tomé su mano, la apreté un poco y luego la solté.

Nos despedimos. De camino llamé a Anne. Le pedí que, sin decir nada a Hans, escarbara en la vida de Víctor Kane, con mucho detalle. Mientras aterrizábamos, se me ocurrió que tal vez lo que había querido decirme Alexis Carter era que debía seguir mis instintos, y mis instintos siempre fueron que el asesino odiaba a Hans con furia, y que todo lo que hacía era para destruirlo. Además de Marshall, quien encajaba en ese perfil, quien podía haber estar guardando un resentimiento de años hacia Hans era Víctor Kane. Yo misma lo había visto en sus ojos.

Anne al principio no comprendía, pero luego me dijo que haría lo posible. También expresó que, si yo le pedía eso, mis razones tendría. Anne Ashton era confiable y buena compañera. Le agradecí y colgué.

Llegué a casa. Tomé un reparador baño. Mientras me secaba la cabeza, pensé de nuevo en todas las víctimas. Ellas no eran importantes en sí mismas, sino para cubrir el papel de los personajes de los cuentos de Basile. Pero eso no era del todo cierto. Fue en ese momento cuando me di cuenta… Mía Culp había sido importante para Lorcan Cory porque fue su primera víctima. Esta chica despertaba en él un sentimiento retorcido que lo hizo escogerla de entre los cientos de chicas que conocía en la escuela y en la ciudad. Si eso era así, entonces el primer crimen del asesino que pretendíamos cazar también debió ser el más importante. Y este fue Liam Gardner. Al menos, para haberlo escogido. Entre Gardner y el asesino quizás pudo haber mediado un conocimiento previo.

Entonces, me di cuenta de que otra cosa que no habíamos considerado era cómo el asesino conocía a las víctimas. Podría buscarlo todo en internet. Una buena parte de la vida de las personas está allí; fotografías, eventos, viajes, opiniones, declaraciones. Pero tal vez hubiese coincidido también físicamente con ellos en algunos momentos, quizás los conociera en persona. Valía la pena ampliar la pesquisa sobre la vida de Esther Gramm, de Peter McCallister y, por supuesto, de Víctor Kane con un nivel de detalle mayor que el ejercido hasta ahora.

Al principio del caso me había dicho que estudiar a las víctimas no resultaría de utilidad, pero ahora me parecía que verlas con otros ojos, intentando detectar en qué ambientes, momentos o lugares pudieron conocer a uno de los sospechosos podría sernos útil.

Teníamos que empezar a hacer cosas diferentes porque hasta ahora el asesino nos tenía desorientados. Además, el propio Marcel Marshall debió verse con él varias veces. Alguien en Wichita tenía que saber, haber visto algo… un encuentro entre Marcel y uno de los sospechosos.

Me vestí rápido y me fui a la oficina. Conversaría con Hans sobre lo que había pensado. Cuando llegué al salón en el segundo piso donde Hans y yo solíamos reunirnos a evaluar los casos, ya él estaba allí esperándome. Noté que llevaba guantes.

—¿Qué…? —comencé a decir.

Entonces, vi una hoja de papel sobre la mesita en torno a la cual nos sentábamos.

—Me ha escrito. El asesino ha dejado una carta para mí —dijo con voz queda.

7

—¿Cómo? —pregunté.

—Creo que Marcel la deslizó en el bolsillo exterior de mi equipaje de mano. Recuerda que llegamos directamente a la oficina del Epic Center. Él estuvo con nosotros bastante tiempo. O luego, cuando llegó al hotel, cuando yo me tomaba la cerveza por la noche, podría haber ingresado en mi habitación y ponerla allí. Sabía trucos de ingreso y salida de habitaciones de los hoteles sin ser visto. En eso era bueno. En una oportunidad estuvimos hablando de ello. Como un prestidigitador...

Hans me hablaba, pero no me miraba. Tenía la vista puesta sobre la hoja de papel.

—La encontré en casa. No miro casi nunca ese compartimento exterior, pero me di cuenta de que el cierre no estaba corrido por completo, sino a la mitad. Me extrañó y revisé.

—¿Qué dice? —Quise saber.

—Le he tomado una foto y te la he enviado a tu móvil. Puedes leerla allí o puedes ponerte guantes... De todas formas, no tendrá huellas, por supuesto. Este asesino jamás nos dejará una huella —expresó. No me gustaba la entonación que estaba empleando Hans. Parecía derrotado.

Me senté frente a él y busqué mi móvil. Leí:

Hans Freeman:

Siempre serás un pobre hombre, aunque nadie a tu alrededor conozca la verdad de tu miseria. Eres un fraude vulgar. Esa actitud de intelectual no es más que tu mejor disfraz para ocultar tu fragilidad, porque en el fondo sabes que siempre serás ese niño delgado de piel amoratada que se moría de frío al salir de la piscina. ¿Quién podría quitar el frío a Hans Freeman? Sabes que nadie podrá hacerlo. Siempre te sentirás flemático y que hay un ambiente glacial a tu alrededor, porque tu mente es la de un psicópata, solo que no te has atrevido a matar. Un chico que muere de frío y cohibido, incapaz de relacionarse como los demás. Un chico maltratador y cómplice. Eso es el gran Hans Freeman, un ser deteriorado y miserable que busca ser algo que no es, solo para no fallar.

¿Qué es la verdad para ti? Ya es hora de que te hagas esa pregunta.

No hay energía sana, ni mentalidad tranquila ni segura dentro de ti. No hay optimismo que valga contigo, Hans Freeman. Ni siquiera ahora que crees haber encontrado algo valioso en ella, en Julia Stein. Se nota a leguas que se traen algo, pero eso solo va a destruirla. Eres una mala pieza. Una defectuosa. Siempre serás solo «un chico con frío».

Tuyo,
El asesino que odia a Hans Freeman.

8

PUSE el móvil sobre la mesa.

—Ya lo has leído. Muchas de las cosas que dice son verdad —confesó.

Pensé que el odio del remitente debía ser de las cosas más oscuras que había conocido. Era cruel pero inteligente. Además, poseía un extraordinario uso del lenguaje; sabía qué palabras emplear para hacer más daño.

—Tuvo que habernos visto juntos y ser muy observador. ¿Cómo sabe lo nuestro? —expresé.

—Debe notarse —me respondió Hans—. Pero creo que el comentario sobre ti lo ha hecho sobre todo para ponerme en un dilema. Si mostramos esta carta al Departamento, a los chicos o a Stonor, sabrán lo que nos une. Si lo saben, podría haber consecuencias en tu trabajo o el mío. Por supuesto, no nos despedirán, pero sí nos separarán.

Ya había pensado en eso.

—¿Cómo sabes que esa carta no la escribió Marshall? —pregunté.

—No. Marcel odiaba su vida y me puso a mí como excusa. Pero no creo que lo moviera una motivación tan intensa como solo hacerme daño. El verdadero asesino aprovechó su resentimiento, pero el del asesino, la rabia del criminal, es más peligrosa.

—¿Peligrosa? —repetí.

—Nombra a mi madre y a ti. Son las dos personas que más me importan en el mundo. No las nombra casualmente. Creo, Julia, que antes de pretender acabar conmigo va a hacerme algo peor: va a intentar matarte. Hará algo que me mate de dolor cada día, que me desespere siempre. No querrá que mi sufrimiento sea algo finito, sino permanente.

Me quedé de una pieza. Sentí pánico por unos segundos.

—Ya he trasladado a mi madre a una ubicación secreta. Solo dos de los nuestros saben dónde está —completó.

—Eso está bien. Pero no podemos dejar que esto nos detenga. Tenemos que ser más listos que él. Lo que busca esta carta es desmoralizarte. Hagamos como que no existe y sigamos con el plan, porque vamos a atraparlo. Tú eres el mejor agente de este lugar y yo soy testaruda a reventar. No creas que una cosa como esta va a detenerme. Y si el FBI completo debe enterarse de lo nuestro, que lo haga. Ya luego veremos cómo retomamos la normalidad —le dije.

Él asintió.

Tomó la carta y la guardó dentro de una pequeña bolsa de pruebas, la que metió dentro del bolsillo de su chaqueta.

Luego caminó hasta la mesita junto a la ventana donde reposaba la cafetera y sirvió dos tazas. Me llevó una, y con la otra en su mano caminó hasta la pizarra, donde anotamos las ideas.

Puso la taza en una mesita auxiliar junto a varios marcadores. Tomó uno de ellos y escribió:

«¿Cómo supo de ellos?».

Hablaba de las víctimas. Hans había llegado a la misma conclusión que yo, una vez más. Siempre por caminos diferentes llegábamos al mismo lugar. Desde ese momento, solo seríamos dos incansables sabuesos en busca de la presa.

9

Hans escribió el nombre «McCallister».

—Peter McCallister. Estudiante de Informática y Filosofía. Su familia tiene dinero. Podría haber vivido en cualquier parte del mundo y lo hace en Wichita. Aunque viaja bastante. Es petulante, frío, sarcástico, pansexual y se sentía atraído por Lorcan Cory —resumió.

—Creo que la relación con sus padres es pésima. Hizo un comentario sobre los malos padres. Además, no se inmutó al escuchar que Lorcan Cory había muerto. Eso pudo ser porque... —comencé a decir y luego callé.

—Ya lo sabía. Sabía que Cory se quitaría la vida, y que él continuaría la misión. Era parte del plan —completó Hans.

—Sí. Pudo ser —concedí.

Recordé a ese hombre alto, pulcro, inteligente, ególatra, que vestía de negro y olía a fragancia para después del baño.

—Su familia paterna hizo fortuna en Europa el siglo pasado. Pero su padre no tenía buena cabeza para los negocios y poco a poco fue apartado de las decisiones familiares, que terminó concentrando su hermano menor, el tío de Peter.

Así las cosas, el señor McCallister puso tierra de por medio y se vino a América con su nueva esposa. Se establecieron en Manhattan, para vivir de la renta de los negocios familiares. Cuando Peter nació, su padre, Eduard McCallister, contaba cincuenta años, y su madre, Kayla Montgomery, treinta años. Ahora Eduard McCallister tiene una nueva esposa y Kayla volvió a Escocia hace muchos años. La nueva esposa de Eduard McCallister tiene treinta años menos que él — informó Hans.

Me hice una idea de cómo era Eduard McCallister y la infancia de Peter. Eduard debía ser un hombre atractivo; Peter también lo era. Puede que incluso más que su hijo, y aunque no fuera un as en los negocios, significaba una buena renta, su familia podía mantenerlo a él, a su hijo y a sus parejas. Un coctel apetecible para una mujer que buscara vivir una vida cómoda sin hacer mucho. Por otro lado, contando con una edad tan avanzada al ser padre, pude imaginar la poca atención que Peter debió haber recibido. Había conocido padres añosos muy cariñosos, pero no parecía, por lo que Hans dijo, que ese fuera el caso de los padres de Peter. Ese sentimiento de superioridad en él me hablaba de una desatención permanente en la infancia o de estar en compañía de personas egoístas cuya última preocupación era pasar tiempo de calidad con el chico.

—¿Has encontrado alguna coincidencia, alguna posibilidad de que hubiese conocido a Liam Gardner alguna vez? —pregunté a Hans.

Iba a decir algo, pero luego se arrepintió. Estaba segura de que iba a preguntarme por qué había pensado en esa víctima en particular. Pero luego debió comprender que esa fue la primera. Lo que le sucedió a Mía Culp fue tan horrendo, y como sabíamos que el asesino actuaba bajo la influencia de Cory, nos había sucedido que siempre la considerábamos a ella como la primera, pero en cierta forma no era así. Si bien el autor intelectual de los crímenes podía ser Cory, el autor material era quien debía identificar a las víctimas, seleccionarlas de un montón, pues Cory estaba recluido y no podía tener vida social. Y a nosotros nos interesaba centrarnos en el autor material y dejar de posar la mirada siempre en Cory.

—Lo que te he dicho ha sido el producto del trabajo de investigación de Stonor y su equipo. Me envió el informe apenas llegamos aquí. Pero no pensé en eso que dices, en la conexión con Liam Gardner, tal vez porque la carta me distrajo… —confesó Hans con pesar.

Se estaba dando cuenta de que su mente ya no funcionaba como antes.

10

—Pero tienes razón. Pediré a Stonor que haga seguimiento a la historia de los dos por medio de los consumos de las tarjetas bancarias y que identifique si en algún momento estuvieron juntos o pudieron conocerse en alguna parte — manifestó.

Me levanté y caminé hasta la pizarra. Escribí el nombre de Víctor Kane. Me pareció extraño que Hans no comenzara por él.

Luego me aparté un poco, dando un par de pasos hacia atrás.

Hans habló.

—Víctor Kane. Lo más relevante que encontraron los chicos ya él mismo nos lo ha contado. Su matrimonio con Thalma, su vida en Londres, la muerte de James. Víctor se fue a Reino Unido en cuanto nos graduamos en la escuela. Allí estudió Ingeniería Química. Contaba con un buen trabajo en una empresa de productos farmacéuticos. Allí conoció a Thalma Morrison. Se casaron. Víctor se encargó del chico como si fuera su propio hijo. Dice Stonor que la red está llena de fotografías en donde los dos ríen, acampan, navegan, escalan montañas, visitan museos de ciencia y simuladores espaciales. Al chico lo chiflaba la ciencia y la astronomía. De repente, todo se detuvo. James dejó de publicar en las redes. Y tres meses después, el chico murió.

—¿Cómo murió? —pregunté.

—Se suicidó, lanzándose al mar desde un acantilado en Moher, Irlanda. Tenía quince años.

Sentí pena por él, por James. ¿Qué pudo haberle pasado para que decidiera acabar con todo?

—Sé lo que estás pensando. Causa pesar que un chico lleno de vida de repente quiera morir —dijo Hans.

—También pienso en el dolor que debió significar para su madre y para Víctor. Que el dolor por algo como eso se convierta en una rabia incontrolable —completé.

—Los amigos del chico quedaron atónitos, su madre, el propio Víctor. Nadie comprendió qué llevó a James al suicidio. Se investigó si había formado parte de un grupo de adolescentes en internet que le haya propuesto algún juego de reto suicida, pero no hubo nada de eso. Stonor me ha enviado una carpeta comprimida con parte del expediente de James. Habrá que mirarlo. Quien más declara es uno de sus amigos, un chico llamado Robert Tyler. Parece que era el más cercano, como el líder del grupo. Ese tipo de chico que siempre destaca en los cursos. Desde la muerte de James, Víctor comenzó a descuidar su trabajo, se separó de Thalma… su vida cambió. Ahora vive de sus ahorros. En Wichita no trabaja. Se ha convertido en un hombre solitario, o tal vez siempre lo fue.

—Un hombre con la desgracia a cuestas, que lo primero que hace al volver es visitar a un monstruoso asesino. Eso es muy extraño, Hans. Tienes que aceptarlo —le dije.

—Sí. Es verdad. Más aún me extrañó la transformación de Víctor. De chico era enfermizo, de pocos amigos. Ahora encontré a un hombre que se ejercita, que cuida su aspecto físico, y con una soltura, una habilidad social que no recordaba en él. Es como si…

—Como si fuera otro hombre —completé.

¿Y si Víctor Kane se había convertido en James Morrison? ¿Y si había mutado bajo el efecto de una gran patología psíquica y comenzado a vivir la vida como si fuera su hijastro muerto?

11

—No creo que los mundos de Liam Gardner y de Víctor Kane coincidieran. Sin embargo, comprobémoslo con los chicos —sugerí.

Hans asintió. Luego escribió el nombre de Esther Gramm.

—Con ella ha sido más sencillo. Esther no se ha movido de Wichita. Toda la vida ha residido en esa ciudad.

—¿Dé qué viven las Gramm? —interrumpí.

Hans me miró y dibujó una sonrisa.

—Yo me hice esa misma pregunta. Y no creerás la respuesta. Hasta hace unos años, vivieron de forma muy austera, gracias al dinero de la venta de algunas propiedades rurales de sus padres. Han vivido años de rigor, como ascetas, bajo el dominio de Esther, que es quien toma las decisiones, como ya hemos comprobado. Además, es una mujer con una sólida fe religiosa. Pero hace tres años ha llegado dinero a la cuenta de Gramm de manera constante, cada mes.

Miré a Hans, expectante. No podía ser verdad lo que estaba pensando…

—Lorcan Cory mantuvo una asignación a las hermanas Gramm.

—¡No lo puedo creer! ¿Por qué haría eso? Y por supuesto, Esther Gramm nunca reconoció eso ante nosotros —exclamé.

—Me he planteado dos hipótesis. La segunda es que Lorcan no pudo olvidar la muestra de amabilidad que Lizzy Gramm tuvo hacia él, cuando chicos. Ella te lo contó. Erramos cuando creemos que los asesinos, incluso los Cory de esta vida, son incapaces de sentir algo por alguna persona. Motivos son infinitos, pero allí, en medio de la oscuridad, de lo muertos en vida que están porque son incapaces de experimentar de una forma completa la empatía, existen para ellos algunas personas especiales. Y Lizzy Gramm podría serlo…

—Ya. ¿Y la primera? —interrogué.

—La primera hipótesis es que esa mujer austera, que nos miraba con reprobación y empeoraba la enfermedad de su hermana, haya estado enamorada de Lorcan Cory, el mismo monstruo que denunciaba. Que entre ellos haya habido un vínculo sexual que la llevó a asesinar personas inocentes. Y, además, Lorcan le pagaba por ello. Convencer a un fanático de destruir es fácil, si le haces creer que es necesario para sobrevivir. Los fanáticos religiosos buscan justificar sus ideas como revelaciones divinas y destruyen a los demás por temor a que su propia existencia se vea afectada.

Hizo silencio y luego continuó. No lo comprendía.

—Lorcan pudo convencer a Esther de que él era la voz de Dios, una especie de ángel caído que volvía al cielo. Ella necesitaba creer en la redención, que es el poder del bien luchando contra el mal, y venciéndolo. No sabemos lo que hablaban en esos encuentros. Cory pudo envolver a Esther Gramm de muchas maneras: fingiendo conversión y presentándose como un profeta que la convencía de que era la voluntad de Dios matar a algunas personas. Como forma de pagar su fidelidad al plan estaba el dinero. Esther, que lo necesitaba, lo vería como una acción justa y, sobre todo, como una voluntad divina —concluyó.

12

Me parecía algo complejo de entender. Pero una cosa era cierta. Esther Gramm podía ser manipulada por Lorcan Cory si, como todos habían dicho, era un hombre hábil, inteligente, seductor.

—Pues profundicemos en la vida de los tres. Leamos y volvamos a leer todo lo que el Departamento encuentre sobre ellos, así sean detalles insignificantes —manifesté.

Hans asintió.

Todo el día estuvimos trabajando, devanándonos los sesos, buscando esa conexión entre alguno de ellos y Liam Gardner o alguna de las otras víctimas. No hallamos nada. Sostuvimos una reunión virtual con Anne Ashton y le confesamos que no creíamos que Marcel Marshall fuera el único asesino. Le pedimos que investigara lo que pudiera sobre las personas de interés para nosotros, de manera discreta.

Cuando daban las nueve de la noche, Hans recibió un correo electrónico. En ese momento, estábamos frente al ascensor. Debíamos irnos a casa a descansar. Yo acababa de pulsar el botón de llamada. Entonces, tuve un mal presentimiento. Lo observé. Vi como su expresión se iba transformando.

—¿Qué pasa, Hans? —pregunté.

—Hay otra víctima. Pero era imposible que lo supiéramos. Es esta y no Liam Gardner la primera. Debemos comenzar todo, de nuevo —exclamó.

Me mostró la pantalla de su móvil. Escuché el sonido de las puertas del ascensor abrirse, pero nos quedamos donde estábamos.

Pude leer una noticia de prensa, de hacía dos años, antes del asesinato de Gardner.

«Bobby Nelson, un chico de diez años, murió de un infarto al miocardio. Una de las muertes más desoladoras de las ocurridas en el complejo de piscinas del Centro Deportivo Wichita Place…».

—No fue un infarto. El asesino debió hacerlo consumir una toxina cuya posibilidad de encontrar, si no se buscaba, era igual a cero —dijo Hans.

Era como si nadie estuviera seguro y todo, todo, fuera culpa de Hans. Eso era lo que el asesino quería hacerle pensar. Y lo estaba logrando.

—Por supuesto, aquí no dejó ningún objeto extraño. No podía porque quería que pasara como una muerte por causas naturales. Es como si con ese asesinato hubiese tomado una foto a mi pasado, a esos días en los que nadaba congelándome. Es un tributo a mis obsesiones… —concluyó en voz más baja.

—Puede ser mentira, Hans. Puede que él no lo haya hecho. Supón que ese chico realmente murió de un infarto. Una muerte horrible y una gran tristeza para sus padres, pero sin relación con una toxina. El asesino busca una noticia que te afecte, algo relacionado contigo, y se apropia de ella. Te hace creer que fue él. Es una forma muy económica de lograr sus objetivos destructivos para contigo.

Se quedó pensativo unos segundos. Pulsó de nuevo el botón de llamada del ascensor y la puerta de la cabina se abrió de inmediato.

13

Subimos y marqué el primer piso. Sabía que Hans ahora se iba a casa caminando. Pretendía acompañarlo hasta la puerta y luego tomar camino al primer sótano, donde había aparcado mi coche.

—Es cierto lo que dices. Si hubiese sido obra de él, lo habría dicho antes. Lo que ahora busca es que únicamente nosotros sepamos que Marcel Marshall no estaba solo en esto. Si vamos con este correo electrónico a avanzar en una nueva investigación, vamos a tener muchos inconvenientes. No podremos convencer a nadie de que esto no se trata solo de un bromista, un experto que sabe cubrir su dirección electrónica, haciéndose el gracioso. Después de todo, no dice nada; solo una noticia de una muerte trágica y nada más. Solo tú y yo sabemos que para mi historia el asunto de la piscina es importante; para mi historia con Lorcan Cory.

Hans tenía razón. Necesitábamos mucho más para convencer a la jefa de que ese correo lo había enviado el asesino. Por un momento, deseé que estuviéramos equivocados. Que no tuviera nada que ver, pero temía que no fuera así.

El ascensor abrió sus puertas. En ese momento, un empleado de mantenimiento acababa de dejar la planta. Logré ver parte de los implementos de aseo desapareciendo tras la puerta que conducía a la escalera de emergencia. Parte del trapeador y del balde contenedor de agua. También vi la parte de abajo del pantalón y la parte trasera del zapato. Un olor a desinfectante, a químico muy fuerte quedó impregnando el ambiente. Hans estornudó.

Buscamos al agente de guardia, al que se ubica frente a la puerta de ingreso a la edificación. Tanto Hans como yo los buscamos con la mirada. Vimos el módulo de vigilancia vacío. Nos extrañó.

—¿Dónde estará Tucker? —preguntó Hans.

Escuchamos pasos. Provenían del área de los servicios.

Vimos venir a Errol Tucker. Ambos lo conocíamos y lo apreciábamos. De los vigilantes nocturnos, era el más interesante. Siempre llevaba un libro para leer.

—Hans Freeman, Julia Stein…, que tengan un reparador descanso —deseó Tucker.

Era un hombre de unos cincuenta años, de fuerte contextura muscular, de anchos hombros y con el pelo casi totalmente rapado. Podía verse cierta sombra platina cubriendo su cabeza. El tono de su piel en la cara adquiría a veces una tonalidad rojiza.

—Errol, ¿qué has traído hoy para leer? —preguntó Hans.

—*La Metamorfosis* de Kafka. ¡Vaya libro! —respondió Errol.

—Sí. Franz Kafka es único —respondió Hans.

—A mí no me parece pesimista. Estoy en un grupo de lectura de varios compañeros en vigilancia. No somos muchos los que nos aferramos a este tipo de lecturas. Para ser sincero, solo somos cuatro. La opinión del grupo es que la novela es pesimista. Para mí no lo es. «Cuando todo parece terminado, surgen nuevas fuerzas y esto significa que vives». Es la frase que acabo de leer. Ya me dirá, doctor, si eso le habla de pesimismo —expresó Errol.

Luego nos sonrió y caminó a su puesto de trabajo. Llevaba un libro en edición de bolsillo en su mano derecha. Pude ver el borde, sus hojas un tanto amarillentas y su portada algo resquebrajada.

Nos despedimos de Tucker y cruzamos la puerta. Cuando lo hicimos, venían llegando dos agentes.

Saludamos. Cuando nos quedamos solos, nos detuvimos. Era una noche ventosa. El césped a ambos lados de la caminería que conducía a la entrada del edificio estaba húmedo, y desprendía ese olor que deja la lluvia cuando se ha ido. Mi pelo voló por los aires. La barba de Hans también se movió. Entrecerramos los ojos ambos.

—En los cuentos, el cabello de las brujas es el que más se ondula. Al menos en los cuentos que mamá me contaba, y siempre las imagine así. Tú eres casi como una bruja…

—Vaya…, gracias —respondí.

—Así te vi la segunda vez. Una bruja buena, claro está. Vestías completamente de negro. Parecías una mujer misteriosa, empecinada y sorpresiva. Fuiste al Departamento de Homicidios de Wichita y me dijiste: «Usted está estableciendo una relación entre la muerte de Gail Whitman y estas nuevas muertes. Yo sé cosas sobre Gail Whitman que puedo contarle».

No podía creer que recordara las palabras exactas que pronuncié aquel día.

Sonreí.

—Vete a casa, Julia. Mañana será otro día —añadió.

Le di un beso en la mejilla y di la vuelta.

En ese momento, pensé que era peligroso no tomar previsiones en cuanto a la seguridad de Hans, pero así como las ráfagas de viento van y vienen, esa sensación de peligro pasó, puede que demasiado rápido.

14

Volví sobre mis pasos y entré en el edificio. Errol me miró y luego volvió a Kafka. Tomé la escalera que antes había tomado el hombre de la limpieza. Esta me conducía al aparcamiento. A esa hora el sótano está silencioso.

Escuché mis propios pasos, los tacones cortos y macizos de mis zapatos chocar contra el pavimento. No oía nada más.

Volví a sentir el olor a desinfectante con mayor intensidad.

¿Es que limpiaban a esa hora el aparcamiento?

Recuerdo que me pregunté eso.

Escuché un ruido detrás de mí.

Volteé instintivamente. Una de las lámparas zumbaba y luego se apagó. Me volví y continué el camino hacia mi coche.

Abrí y subí. Encendí el motor. Pensaba en lo que había dicho Hans la segunda vez que nos vimos. La primera fue en el avión que aterrizaría en Wichita. En ese momento, mi vida era un asco; me aburría horrores en el Servicio Social, y lo único que me animaba un poco era mi buena amiga Maddy, por un lado, y resolver algunas veces que los niños no contaran con la compañía de padres maltratadores. No siempre el final era feliz y yo necesitaba hacer más, marcar la diferencia en algunas vidas. Además, todavía la sombra de mi niñez me perseguía. Fue gracias a Hans que logré cambiar. Un nuevo comienzo, como había dicho Errol.

Con ese sentimiento de haber sido salvada, comencé a manejar. Di marcha atrás y luego tomé la rampa para salir a la avenida Pensilvania. Cuando llegué al Pershing Park, tuve de repente miedo por Hans. Fue cuando pensé que, en todo el tiempo que llevaba trabajando en la oficina, nunca había visto a alguien de limpieza a esa hora de la noche. Solían aparecer entre las siete y las ocho, cuando ya gran parte de los agentes terminaba labores y solo llegaban quienes comenzarían las guardias en los diferentes departamentos. Así que aquella era la hora perfecta para que alguien muy hábil se colara. Además, Errol se había ausentado unos minutos para, de seguro, ir al baño.

Algo me dijo que Hans o yo estábamos en peligro. Dado que yo había logrado salir del edificio sin inconvenientes, entonces quedaba Hans.

Giré y llegué a la avenida Nueva York. Imaginé la ruta que tomaría Hans para llegar a plaza de Mount Vernon, el vecindario donde vivía. Llegué al aparcamiento ubicado en el número 900 y a la tienda Apple, y allí tomé la Séptima calle. Me decía a mí misma que ya había debido ver a Hans caminando. No podía volver a casa corriendo. Algo debía haberle pasado. Pocas personas estaban en la calle. Era una noche fría y las ráfagas de viento no invitaban a salir. Vi varios hombres jóvenes y algunas chicas caminando en parejas. Pero Hans no estaba por ninguna parte.

Sentí el corazón en vilo.

No podía perderlo ahora, que me había encontrado a mí misma gracias a él.

15

PERO LO VI.

Y todo volvió a su lugar. Estaba a menos de una cuadra de su piso. Aminoré la marcha. No quería que me viera siguiéndole. Cuando entró en el edificio, continué.

Llegué a casa todavía con la sensación de que aquel hombre de la limpieza era extraño.

Aparqué el coche. Cuando comenzaba a caminar hacia el ascensor del edificio, tuve una idea.

Volví sobre mis pasos y entonces lo vi. Adherido a la ventanilla trasera izquierda había algo. Llegué hasta allí.

Era un papel de menos de cinco centímetros de diámetro, porque estaba doblado. Había sido adherido a la ventanilla con un punto de una sustancia que parecía silicona. Usando la punta de la chaqueta como guante, lo desprendí. En efecto, alguien había pegado el papel a la ventanilla. Pude ver el residuo de la pega, un punto gomoso.

Corrí a casa con el papel en la mano.

Una vez dentro, lo puse sobre la mesa del comedor y

busqué unos guantes en el clóset junto a la cocina. Me los puse y desplegué la hoja de papel.

En ella había impreso una fotografía en blanco y negro. Se veía a una mujer tendida en el suelo, sobre un gran charco de sangre. Ella vestía de blanco o de un color muy claro. La imagen no era nítida. Pero no fue necesario esforzarme para comprender que aquella mujer estaba muerta. Miré los demás objetos que podían verse en la fotografía.

Vi una ventana con cristales borrosos, una imagen que parecía haber sido hecha en el cristal. Era como una lámpara o tal vez una mariposa. No podía estar segura.

Además, me pareció que el lugar era una cabaña, las paredes parecían de madera.

Aquel papel no tenía nada más.

Comprendí que el asesino nos mantendría en una constante confusión y sospecha. Pensé que había vuelto a asesinar y esa mujer era su nueva víctima. Sabía que Hans también lo pensaría, pero no teníamos pruebas de que todo fuera obra de la misma persona. Su truco para enloquecernos era que nosotros supiéramos, pero nadie más nos creyera. En realidad, quería destruir a Hans y, por consiguiente, también a mí.

¿Quién sería esa pobre mujer asesinada?

16

PENSÉ en llamar a Hans de inmediato, pero luego me detuve. Lo hubiese hecho si no lo quisiera. Pero sabía que él debía descansar, así que llamé al Departamento Forense. Hablé con la agente Trina Robinett y le envié la fotografía en un archivo de imagen a la dirección que me informó. También llamé a Errol Tucker para hablarle sobre el hombre de la limpieza. Me dijo que la jefa Thousend había dispuesto que la limpieza se realizara más tarde para no interrumpir a quienes aún trabajan. Ella misma solía salir del edificio entre nueve y diez de la noche.

Errol también me dijo que en el registro de ingreso figuraban los nombres del personal de limpieza de esa noche y que no había nada extraordinario en los reportes. Además, el personal ingresaba con las mismas medidas de seguridad que los agentes: por medio de lectores dactilares.

Tuve que considerar que el papel en mi coche había sido puesto en otro momento. ¿Pero cuándo? Era posible que, por el lugar donde lo habían dejado y por el tamaño de la hoja doblada hubiera permanecido allí varias horas sin que yo lo notara. Quien lo adhirió pudo haberlo hecho en cualquier momento, incluso en mi propio aparcamiento, que tenía menor vigilancia que la oficina del FBI.

A Hans le contaría al otro día lo de la fotografía.

Me di un baño caliente y me tumbé en la cama. Estaba muy cansada.

Escuché que comenzó a llover a cántaros. En ese momento, me gustó escuchar las gotas de agua. Casi me relajó. Intenté olvidar al asesino, los asesinatos, las escenas sangrientas y concentrarme en lo bueno que tenía; ahora sabía que podía tener una historia diferente con Hans, y eso me alegraba. Recordé a mi madre y lo feliz que la veía, a mi hermano, que parecía satisfecho, y a Maddy. Era la gente que quería. Solo por un momento pensé que todos estábamos a salvo. Y luego de ese momento me quedé dormida.

A las cinco de la mañana el móvil me despertó. Era un número que no había registrado en él.

Se había cometido un asesinato, y en el lugar del crimen habían escrito el nombre de Hans con la sangre de la víctima.

Habían asesinado a una mujer llamada Iris Coleman. Era invidente. Vivía en el barrio de Stanton Park, a pocas calles de la oficina del FBI. Era intérprete. Iris Coleman era políglota, tenía treinta y dos años y vivía sola.

Me levanté de un salto al enterarme.

No podía ser la mujer de la fotografía. Ella estaba en una cabaña.

—Por favor, dame la dirección del lugar del crimen, ¿cuál calle de Stanton Park es? —pedí al agente que me llamó.

—No, agente Stein. Coleman vivía en ese barrio, pero ha sido asesinada en la cabaña que poseía en la bahía de Chesapeake, a hora y media de la ciudad. La jefa Thousend ha designado el caso a Hans y a usted —dijo el agente.

En ese momento, al móvil entraba otra llamada. Era del móvil de la jefa Thousend.

Corté al agente y tomé la llamada de la jefa.

En efecto, me pedía que me reuniera con Hans y que fuésemos a la escena del crimen. No descartaba que luego el caso se encargara a otros agentes. Sabía que era delicado investigar un asesinato si tu nombre figura en la escena, pero Thousend también comprendía que, dada la implicación y justo por eso, quizás Hans notara aspectos que otro investigador no percibiría. Entendía su punto.

Le hablé de la fotografía que hallé en mi coche. Se quedó callada unos segundos.

—Esto es más grande de lo que pensaba. Ahora no solo el asesino está implicando a Hans, sino también a ti. ¿Tienes alguna idea de lo que está sucediendo, Julia? —me preguntó.

—Creo que se trata del mismo hombre que mató a Gardner, a Shepard, a Scott y a Brannik —respondí.

—Pero ¿qué…? ¿No creen que haya sido Marcel Marshall? —Quiso saber.

—No. No solo él. Marshall debió matar a Sarratt. Era cómplice del asesino, pero nunca tuvo contacto directo con Lorcan Cory sino hasta cuando lo detuvo. Creemos que el asesino, quien sí tuvo contacto con Lorcan Cory, fue quien motivó al agente Marshall a delinquir.

—¿Y ahora está avanzando en una cruzada contra ustedes?

—Creo que es alguien obsesionado con destruir a Hans Freeman, jefa.

Preferí contarlo todo. Hans era el blanco, el objetivo. Ella tenía que saberlo.

—Vayan a la escena del crimen y luego vengan a mi oficina. Debemos hablar —manifestó. La oí preocupada.

—Ya me comunico con Hans para ponernos en marcha. Lo había pensado cuando el agente me llamó hace minutos…

—¿Cuál agente? No he pedido a ningún agente que te llame. Quería hacerlo yo misma.

17

CONTÉ a la jefa Thousend lo que acababa de ocurrir. El Departamento Forense de Comunicaciones intentaría rastrear la llamada del número desconocido que recibí. Corté la comunicación con la jefa y, a medida que me vestía, intentaba recordar esa voz que me había avisado sobre el asesinato. No me era conocida. Era pausada, con buena dicción. Pensé y pensé, pero me dije que no llegaría a ninguna parte. Hoy se podía alterar la voz por medio de programas informáticos, así que podía ser alguien conocido aunque no lo pareciera.

Llamé a Hans y le dije que lo buscaría. Ya estaba enterado del asesinato. La jefa Thousend también lo había llamado a él.

De camino le conté sobre la carta, también que había pedido a Anne Ashton que investigara particularmente a Víctor Kane. Él me escuchó y asintió. Me pidió que le mostrara la foto y lo hice.

—Al menos en la imagen no se ven símbolos, objetos descolocados como en las demás escenas. Eso es extraño.

—Puede ser porque no se ve muy clara. Esperemos a llegar a la escena para sacar conclusiones —le pedí.

—Invidente… he repasado el libro de cuentos, el *Penta-merón*. Hay una historia llamada *La paloma* donde aparece una hechicera. En la concepción popular de varias culturas, las hechiceras quedaban ciegas pronto. Se relaciona a la magia con la ceguera.

—¿Qué más sucede en el cuento? —le pregunté. La verdad es que no había leído el relato de los cuentos aún.

—Es de los más complejos. Un hombre que se convierte en rey está lleno de resentimiento hacia las mujeres porque una lo había rechazado. Las viola y asesina y, finalmente, se encuentra a una cuya beldad impide que le haga daño. Luego esta mujer termina tapiada entre las piedras del castillo, pero hay un pájaro que la auxilia, abre un canal para alimentarla y ella permanece allí, viva y enterrada muchos años, da a luz a un hijo que luego sale del encierro y se convierte en el preferido del rey. Entre varios sucesos y dificultades finalmente el rey reconoce a su hijo y toma por esposa a la mujer que estuvo emparedada.

—Sí que se divertían de una manera extraña las gentes de las cortes italianas —comenté.

—El drama de otros, las exageraciones de las vivencias. Necesitaban exageraciones. No es tan distinto a lo que consumimos hoy como ficción en el cine por ejemplo. Los personajes no pueden ser como es la gente común, a la que le pasan cosas, pero pocas y lentas. Los personajes, si algo deben tener, es muchas experiencias. Y no digamos de las películas de acción.

—Lo sé. Dicen que cuanto más aburrida es tu vida, más te gusta ir al cine para tener por un momento la vida de los demás —completé.

—Así es. Pero en la historia, la hechicera que aparece solo en momentos puntuales era ciega. Y la ceguera era vista como castigo, y también como si la vista pudiera recuperarse por un nuevo hechizo. Me pregunto si esta mujer, Iris Coleman, podría por alguna razón ser vista como hechicera.

—Era intérprete, sabía varios idiomas —señalé.

—Puede ser. De alguna manera, las hechiceras conectaban varios mundos, el social y el mágico. Podría ser... —me dijo.

—¿Has dormido bien? —pregunté de repente.

—Sí. Sé que por eso no me has dicho de inmediato lo de la fotografía. También porque te diste cuenta de que con ella no podríamos hacer nada. El asesino es tal vez el más inteligente al cual nos hemos enfrentado. Nos quiere enredar en su red, que para nosotros es asfixiante, pero para los demás, invisible. A nadie podemos convencer de que ha sido él quien te envió la foto, y quien a mí me envió el *mail*. Quiere que nos desesperemos en la confusión.

Asentí.

—¿Cómo está tu madre? —Quise saber.

—Todo va bien. Hasta está contenta. El paisaje del lugar le agrada. Creo que esto ha servido para que ella esté bien —dijo, bajando un poco el tono de la voz.

Eso significaba que lo que decía lo emocionaba.

—He hablado con mi viejo amigo y tutor, Harold Wilson. ¿Lo recuerdas?

Afirmé.

—De repente, también sentí temor por él. Es una persona que aprecio, pero en la que no pensé proteger en un primer momento. Así que, cuando iba a camino a casa, pensé en él y lo llamé. Se ha mudado a Canadá. El viejo Leroy ha muerto. Su perro. Por ello Harold se mudó. No podía superar la tristeza quedándose en el mismo sitio donde vivía con Leroy. Pero le escuché muy bien. Creo que donde está no le sucederá nada —concluyó.

—Claro que recuerdo a Harold Wilson. Me pareció que

era como un padre para ti. Una vez me dijo algo que no olvidaré.

Me miró expectante.

—Que vivías en constante tensión porque siempre pretendías buscar a un Hans que debió ser —respondí.

—Sí. A mí también me lo decía. Una vez, creo que aún no te conocía, me dijo: «Deja de buscar al Hans que debió ser. Cuando no avanzas, comienzas a culparte y vuelven los viejos pecados». También me decía que mi imaginación para el crimen era prodigiosa, pero que a la vez era mi talón de Aquiles —completó.

Cuánta razón tenía el viejo Harold Wilson.

LE PEDÍ A HANS QUE DURMIERA. Lo notaba cansado. Creía que estaba dando batalla al desánimo, a la culpa que podía significar que alguien que lo odiaba anduviera asesinando personas inocentes. Y casi lo estaba logrando, pero a cambio, su deterioro físico era evidente. Notaba su rostro desencajado, ojeroso. Incluso más delgado.

Hans no durmió, pero sí descansó. Se recostó y cerró los ojos.

En una hora llegamos a la bahía de Chesapeake y en cinco minutos a la cabaña donde estaba el cadáver. El lugar era increíblemente hermoso, rodeado de una naturaleza maravillosa, y la ubicación de la cabaña era algo casi mágico.

—Como si no existiera maldad en el mundo —susurré.

Hans me escuchó y asintió.

El equipo forense estaba allí. Vimos a varios hombres y mujeres portando trajes celestes, haciendo su trabajo.

—Este lugar está apartado. Iris Coleman debía ser una mujer valiente y segura de sí misma —dijo Hans.

Caminamos sobre un sendero de tierra que se abría entre

áreas de hierba. Nos pusimos protectores en los zapatos, y guantes.

Un policía se nos acercó antes de que subiéramos los escalones para ingresar a la cabaña.

—Soy el agente Morris Smart. Ya he tomado declaraciones al testigo.

Me extrañé. ¿De quién hablaba?

—El vecino residente de la casa más cercana. Residente en estas fechas. La mayoría de las casas aquí permanecen cerradas, porque son vacacionales. Esta además es el área con menor densidad. Es por eso por lo que el cadáver ha podido permanecer tanto tiempo sin ser visto…

—¿A qué se refiere? —pregunté.

—La mujer tiene por lo menos un mes muerta —respondió.

Nos ENTERAMOS de que el testigo se llamaba Marlon Reese. Era el propietario de una cabaña vecina y acababa de llegar a la bahía. A Reese le gusta salir a navegar y recoger cangrejos en la playa. La cabaña de Coleman se sitúa cerca de su ruta habitual.

Al día siguiente de su llegada, caminó por la zona y notó que algo iba mal en la cabaña de Coleman: la puerta estaba abierta. Reese solía saludar a Coleman. Coincidían en las cabañas al mismo tiempo, aunque Coleman pasaba más tiempo allí porque era *freelance* y trabajaba en la cabaña. Reese, en cambio, era propietario de una empresa pesquera y no disponía de tanto tiempo libre.

Reese llamó a la puerta de Coleman y, al no recibir respuesta, empujó la puerta. De inmediato percibió el olor a putrefacción.

El agente nos dio las señas del testigo por si queríamos hablarle.

Entramos a la cabaña. Una chica forense nos ofreció

ungüento para contrarrestar el olor y unos tapones. Tanto Hans como yo optamos por el ungüento.

Avanzamos y terminamos en el salón principal del lugar. Era, por supuesto, el mismo lugar que ya conocíamos gracias a la fotografía.

Allí estaba la mujer, vestida de blanco y tendida bocabajo. Le habían destrozado el cráneo. La sangre había tomado una apariencia negruzca.

Sus brazos estaban extendidos y sus piernas juntas. Sentí lástima por ella. Y mayor pena aún que hubiese muerto en medio de aquel paraje tan inspirador. Hans buscaba algún objeto descolocado. No había nada. Todo parecía haber estado en ese lugar desde siempre; las cosas guardaban coherencia.

Una figura de cerámica de un perro terrier blanco y negro cerca de la chimenea llamó la atención de Hans. Tomó su móvil y fotografió el salón. Llamó al testigo y le pidió que identificara si en aquella estancia había algo que él no conociera. Le envió la fotografía. Reese respondió que no. Que todo lo había visto allí antes.

Caminé hacia la cocina. No noté nada fuera de lugar. Luego fuimos a la única habitación de la cabaña. Había pocas cosas. Ninguna de vidrio o cristal. La cama estaba vestida como si Coleman no hubiese llegado a dormir allí.

—Debió asesinarla apenas llegó a la cabaña —manifesté.

—Sí. También lo pienso. Sabía cuándo ella vendría y cuándo vendría Reese. Todo lo planificó de forma tal que la encontráramos en este momento y no antes. Además, no ha dejado nada que confirme la teoría del *Pentamerón*. Así nos costará justificar que se trata del mismo asesino que buscamos. Es como si hubiese previsto que ya a estas alturas y después de la muerte de Sarratt sabríamos sobre el libro de cuentos —dijo Hans.

Siempre nos llevaba la delantera.

—¿Dónde está tu nombre escrito? —Quise saber.

Me respondió que aún no lo había visto.

Salimos a la terraza con vistas a la bahía. La cabaña estaba en primera línea de playa. Entonces allí, apenas al salir, vimos la escritura.

Era el nombre de Hans escrito con sangre. Ya el equipo forense había demarcado con los conos amarillos el área, por constituirse un indicio en la escena.

La escritura me pareció algo infantil. Lo comenté a Hans.

—Porque fue mi primera firma. Lo recuerdo. Una tarde antes de entrar en la piscina encontré a Lorcan Cory corrigiendo unos exámenes. Tenía una estilográfica azul y una roja, también varias hojas en blanco. Me preguntó si ya había creado mi firma. Nadie me había preguntado eso jamás. Le dije que sí, que por supuesto. Entonces me retó a que se la mostrara. Tomé la estilográfica roja y escribí mi nombre y mi apellido, e hice ese alargue del trazo en la «s» al final de mi nombre, y en la «n» final de mi apellido. Tal como está aquí. Es como si lo hubiese firmado yo mismo —dijo al tiempo en que su voz se iba apagando y su mirada se perdía en la bahía.

20

Lo comprendí. Yo le creía, pero esa similitud era muy poco para que los demás le creyeran. El asesino no había traído consigo ningún objeto, como en las otras escenas, para que los asesinatos no se pudieran relacionar. De seguro, Marcel Marshall antes de morir le había dicho que ya Hans y yo habíamos descubierto la relación de los objetos con el *Pentamerón*.

Volvimos sobre nuestros pasos. Llegamos de nuevo a la sala donde se hallaba el cadáver de Iris Coleman. Sentí que me faltaba el aire. Una mujer independiente a pesar de su discapacidad, que no le temía a nada, que disfrutaba de la naturaleza, escuchando los sonidos, percibiendo los olores y de seguro imaginando la belleza de la bahía. Esa mujer había perdido la vida porque alguien se la había robado. Alguien que desde hacía mucho tiempo estaba planificando la destrucción de Hans. ¿Cómo se podía odiar tanto?

Miré por última vez el cuerpo de Iris. Maldije al asesino y me prometí a mí misma que iba a encontrarlo, que no pensaría en otra cosa hasta lograrlo.

—Lo sientes, ¿verdad? La rabia. Pero no es buena conse-

jera. Debemos tener la cabeza fría para poder dar con él —
me dijo Hans.

—Vayamos a la oficina. Repasemos todo, la nota, el
correo electrónico, las escenas, y recordemos las conversaciones con Esther, Peter y Víctor. Hablemos con Anne, con
Alexis. Tal vez a ellas se les ocurra algo —propuse.

Hans asintió. Salimos de la cabaña y subimos al coche.
Cuando lo hicimos, el móvil de Hans sonó. Lo miró. Endu-
reció el rostro. Yo todavía no había empezado a conducir. Me
mostró la pantalla.

«La maté antes que a Brannik y a Scott. ¿Qué tal el detalle
de tu primera firma? Lorcan hizo mucho hincapié en ello.
Ahora, diríjanse al Monasterio Franciscano de Tierra Santa.
Sin avisar a nadie, a menos que quieran que más personas
mueran. Tomen por el barrio de Edgewood, para llegar a
Brookland. Una vez en el monasterio, aguarden junto a la
puerta de piedra».

Miré a Hans. Sabíamos que era un error hacer lo que
decía, pero no teníamos opción.

Nos encaminamos al monasterio. El viaje se nos hizo
interminable. Yo debía concentrarme en llegar y en dejar de
lado la rabia que el asesino me producía. Hans tenía razón
en eso.

Anne me llamó y puse el manos libres. Nos dijo que
habían perdido la pista a Peter McCallister y a Víctor Kane.
Se notaba molesta. McCallister se había evadido de su piso
por la parte trasera del edificio, que conducía a un patio
central que no tenía salida a la calle, sino a las partes frontales
de otros pisos. Tenía vigilancia discreta en la calle por donde
McCallister de forma obligada tendría que transitar para salir,
pero no contaban con que había otro piso al cual él tenía
acceso. Una vecina le había confiado el cuidado de su gata y
entregado las llaves de casa. Ese piso permitía el acceso a otra

calle, que no estaba vigilada. McCallister debió salir por allí, dijo Anne, el día anterior, según relató el conserje del conjunto residencial. Llevaba más de dieciocho horas sin dejar rastro.

Recordé que el asesino debía ser un hábil influenciador mientras Anne hablaba.

En el caso de Víctor Kane, había ido a correr al Watson Park. También, por no dejar al descubierto la vigilancia, los agentes aguardaron en el *parking* y Víctor Kane no volvió a su coche. Llevaba el mismo tiempo que Peter con paradero desconocido.

Agradecimos a Anne. Esas cosas sucedían cuando la vigilancia debía ser velada, pero no podíamos hacer otra cosa. No teníamos pruebas ni en contra de uno ni en contra del otro como para poner vigilancia manifiesta.

—Siempre me he inclinado a pensar que el asesino es un hombre. Y sabes quién es mi principal sospechoso —dije a Hans.

—Sí. Lo sé. También es el mío, pero a veces las predisposiciones nos juegan malas pasadas. No tenemos ninguna prueba contra Víctor, así que debemos ponerlo al mismo nivel de las otras personas que trataron con Lorcan —argumentó Hans.

Entonces, pensé que si alguno de ellos era el asesino, habrían contado con tiempo suficiente para estarnos aguardando en este momento en el monasterio al que nos dirigíamos. Íbamos directo a la boca del lobo.

21

—Esto será una trampa, Hans. Quizás debamos avisar al Departamento —manifesté.

—No hay manera de que contemos con refuerzos y él no lo averigüe —respondió—. Y no quiero que sobre mí pese otra muerte más —me dijo.

Lo miré un segundo. Suficiente para darme cuenta de que algo más le estaba pasando. Ya no solo era la frustración de no haber podido atrapar al asesino.

—Es como si el fantasma de Lorcan se hubiera apoderado de todo; ese algo invisible, que está allí. Como mi propia sombra, que no me dejará. Los fantasmas siempre son aquellos que creen los demás que nos han dejado, pero que nosotros sabemos que están allí —sentenció.

—Antes me dijiste que no podía dejarme llevar por la rabia, y ahora te digo que no puedes hacer lo mismo por la derrota —opiné en voz más alta.

Él sonrió. Pero era una sonrisa triste.

—Tienes razón. Voy a pedirte que me dejes solo en el

monasterio. Esto es una venganza hacia mí y no quiero que te pase nada.

—Déjame que decida yo —le pedí.

Llevábamos a cuestas una pesada carga. Los dos estábamos cambiados, perdidos. Como si este caso fuese el naufragio final, un mar profundo y oscuro que nos mecía. A medida que nos acercábamos a Washington, sentía que había sido una ingenuidad pretender atrapar asesinos todos estos años creyendo que saldríamos ilesos.

Estaba asustada. En algún momento —después de leer tantas veces las páginas de los expedientes de las víctimas— algo habíamos perdido, algo que entre los dos habíamos logrado construir. Hans me había salvado de la vida sin color que llevaba en Wichita, y me gustaba creer que yo le había hecho más flexible, sobre todo consigo mismo. Pero ahora, y por culpa de este asesino, la verdad era que estábamos derrotados. Creo que por eso no me había puesto a leer el *Pentamerón*, porque no quería imaginar otras muertes ligadas a esos cuentos; era ridículo matar gente por nada. Tampoco me había dispuesto a ver la película que el asesino nombró. Era como seguirle el juego. No por verla íbamos a atraparlo.

Sacudí la cabeza. Tenía que sobreponerme, no recrearme en el malestar que me producían los crímenes.

Hans tocó el lóbulo de su oreja. Hacía mucho tiempo que no le veía hacer eso. También la pasaba mal.

—Cuanto más lo pienso, más me inclino por creer que detrás de todo esto está Víctor. Creo que se amaban. O que él creía que lo amaba, a Lorcan. Por eso los celos conmigo cuando Lorcan decía que yo era mejor. Y me he preguntado por qué Víctor, que era un chico miedoso y no el hombre que has visto en estos días, iría caminando adelante al bajar al pozo. Y me he dicho que es como si estuviese acudiendo a una cita. Como si Lorcan lo hubiese citado en el pozo.

—¿Fue él quien te dijo que fueran al pozo aquella tarde?

—Es que no puedo recordarlo. Me lo he preguntado una y otra vez y no sé por qué no lo recuerdo con precisión. La mayoría de las veces era yo el que decidía a dónde ir en bici. Conocía mejor los parajes. Así que creo que debí ser yo el que lo propuso, pero él llevaba tiempo hablándome del pozo abandonado de ese bosque.

—¿O sea que pudo Víctor estar preparando el terreno para que creyeras que la idea había sido tuya? —concluí.

—Sí. Pudo ser así. Entonces, he supuesto que Víctor quería ir conmigo a la cita de Lorcan porque en el fondo él le temía. Le gustaba y le temía con la misma intensidad. Claro que de ser lo que estoy pensando, tal vez se imaginaba una cita romántica y no que el encuentro incluía ver cómo descuartizaba a una mujer muerta —afirmó.

Esa idea me dejó helada. No sabía cómo una persona podría haberse desequilibrado tanto, hasta el punto de abrazar aquel inmenso odio a la gente, que incluía citar a un crío de quince años, interesado románticamente, para que compartiera la monstruosidad que hacía. En algún momento, esa persona debía haber sufrido un accidente que explicara tanta maldad, y ese accidente era sin duda el maltrato continuado de sus padres y que nadie pudiera salvarlo.

—Aquí, Julia, es cuando la víctima y el asesino se funden en la misma persona. Estás pensando lo horrible que es Lorcan Cory. Lo sé. Conozco la expresión de tu cara. Haces algo con las cejas y los ojos —completó.

—No sé si me gusta que me conozcas tanto —alcancé a decir.

Pero sí me gustaba. No quería ser impredecible. Solo quería ser lo que era. La única tranquilidad que experimentaba en ese momento era que Hans me conocía más que nadie y quería una historia conmigo. Aunque fuéramos directo a la trampa del asesino más cruel de nuestra carrera. Se había juntado lo más horrible y lo más sublime en ese instante, para mí.

22

LLEGAMOS AL MONASTERIO.

Aparcamos en un *parking* en donde solo había tres coches más.

Bajamos. Pisamos el suelo lleno de grava.

Hacía frío y el cielo estaba nublado.

Las copas de los árboles que rodeaban el arco de piedra se mecían y daba la impresión de que alguno de ellos caería.

Vi una escultura de san Francisco de Asís junto al lobo. Recordé al novio de mi madre hablar sobre los lobos alguna vez. Debió ser en aquella comida cuando lo conocí, por mi cumpleaños. Decía que los lobos eran animales increíblemente fieles.

No soy una persona religiosa. Más bien lo contrario. Pero en aquel momento pedí a Dios que no nos pasara nada malo. Solo quería acabar aquella pesadilla, atrapar al bastardo asesino que estaba horadando la psiquis de Hans, y la mía.

—¿Llevas el móvil contigo? —pregunté a Hans.

—Sí. Supongo que nos llamará o escribirá de nuevo. Me

gustaría saber de una vez quién… despejar las dudas —dijo y luego calló.

Se refería a despejar la duda de si el asesino era su amigo de paseos en bici o si era Peter McCallister. Sería menos doloroso si fuese este último.

Los dos nos detuvimos bajo el arco de piedra.

No vimos a nadie en ese momento. Tal vez por la hora, aún no habían llegado las personas que visitaban una edificación como aquella. Me parecía que, lejos de ser un lugar místico, era ahora uno más de exhibición. De hecho, junto a la puerta podía verse un anuncio con los días y horas de visitas guiadas.

Esperamos cinco minutos. El mensaje del asesino no llegaba. Estábamos impacientes. De tanto en tanto miraba hacia el pequeño bosque que rodeaba la puerta. Era un lugar en medio de la ciudad, pero con apariencia de estar apartado, como un oasis.

¿Por qué escogería aquel lugar para lo que fuera que planeaba hacer con nosotros?

—Hans, ¿en ese libro de cuentos se incluye algo parecido al cuento de Hansel y Gretel? —le pregunté.

23

—Sí. Se llama *Ninnillo e Nennella* —me respondió.

—¿Y qué les pasa exactamente? —Quise saber.

Hans inspiró.

—Hay una madrastra que los odia y convence al padre de los niños de que los abandone en el bosque. Primero deja un rastro de cenizas para que vuelvan. Luego de cebada, pero esta última se pierde. Ellos deambulan hambrientos en el bosque y se separan por accidente. A Ninnillo lo sigue una jauría de perros salvajes. Lo salva un príncipe. A Nennella la encuentran en la playa una familia de corsarios y la cuidan. La chica termina en el interior de un pez mágico y el chico en un castillo. Luego se encuentran, el príncipe busca al padre y castiga a la madre —contó Hans.

—Es decir, este cuento acaba bien —concluí.

Pero ni él ni yo creíamos que la idea del asesino era que las cosas acabaran bien para nosotros.

Aguardamos más de dos horas. No hubo ningún mensaje del asesino.

—Creo que nos ha distraído. Quizás quería que estuviésemos aquí por alguna razón —dijo Hans.

—Para que no estuviésemos en otra parte —aventuré—. Si no hubiésemos venido aquí, ¿qué hubiésemos hecho? —pregunté un poco para mí, un poco para Hans.

—Íbamos a la oficina a devanarnos los sesos. No había otro plan —me respondió.

Era cierto. No conseguía explicarme qué había logrado el asesino llevándonos a ese lugar.

—Por algo nos hizo venir aquí, Hans. Busquemos en el monasterio. Puede que haya diseñado un macabro juego de pistas —sugerí.

Caminamos hacia dentro del monasterio.

Había un patio interno lleno de rosas y otras flores. Era un lugar hermoso. Rodeamos el patio y entramos en una capilla. Pudimos ver como los vitrales reflejaban una luz azulada que caía sobre las imágenes religiosas.

Los bancos lucían brillantes. Cada uno contaba con varios misales. De repente, una ráfaga de viento chocó con tal fuerza que la hoja de una ventana se cerró, haciendo un ruido seco, violento. Luego volvió a abrirse.

Entonces, escuchamos unos pasos.

24

Se trataba de un fraile capuchino. Se extrañó al vernos. Le explicamos que estábamos allí siguiendo una pista de un caso de asesinato. El hombre no podía creerlo.

Era un hombre de unos cuarenta años. Sus ojos castaños se abrieron con asombro cuando escuchó lo que nos había llevado allí.

Nos llevó a recorrer todas las instalaciones. No hallamos nada de valor para nosotros.

Nos despedimos de él. Al final, nos deseó suerte y nos dijo su nombre.

—Franco Lanucci…

—¿Está siempre usted en el monasterio pendiente de todo? —preguntó Hans.

—Sí. Soy el encargado desde hace ocho años. Soy uno de los pocos que queda aquí —respondió el fraile.

Cuando volvimos al coche, Hans me explicó:

—Lanucci era el nombre del padre de Hansel y Gretel. Esto ha sido un juego para él. Se está divirtiendo —completó.

—Al menos no nos hemos perdido —le dije.

Sonrió. En ese momento, llegó un mensaje al móvil de Hans.

«Espero que hayas disfrutado del oasis de los franciscanos. Es un lugar excepcional. Toma la vía hacia el NASA Goddard Visitor Center y luego el camino a Springfield en la intersección con el Beaverdam Creek. Aguarda en esa intersección».

—Esto no me gusta, Julia —expresó Hans.

Esa zona era algo apartada y, si bien no era del todo solitaria, en algunas partes se convertía en caminos poco transitados. Suponía que nos quería llevar allí por ese motivo.

—Quiere que nos perdamos en el bosque —concluí—. Vamos, Hans. Somos más inteligentes que él. Somos dos. Mayoría. Además, vamos armados y estamos entrenados. Es mucho más de lo que tuvieron las víctimas —completé.

—Está bien. Pero no voy a arriesgarme del todo. Avisaré a la jefa Thousend. Ella sabrá enviar a algún agente. Tenemos que contar con un respaldo, Julia. Te digo que esto no me gusta.

Era una buena idea.

Estábamos a veintisiete minutos, según el GPS del coche, del lugar.

Tomé la autopista Baltimore-Washington en Prince George's County, desde la avenida Dakota Sur. Cuando llevaba unos diez minutos andando, me di cuenta de que el coche necesitaba combustible. Además, iría bien tomar un café, despejarnos un poco. No tardaríamos casi nada. Lo propuse a Hans.

Le pareció buena idea.

Vimos una estación de combustible prácticamente desolada. No había ningún coche ahí. Llegué a ella, y mientras ponía combustible, Hans llamaba a la jefa Thousend. Luego llamaría a Anne para que nos actualizara sobre los paraderos de Víctor y de Peter.

Salí del coche y me dirigí a la tienda de la estación para buscar agua y café.

La puerta de entrada de la tienda quedaba en un punto ciego desde donde estaba el coche. Era un recodo que conectaba con el área posterior de la gasolinera.

Escuché un ruido y luego vino el golpe.

PARTE IV

1

—HE SIDO UN IDIOTA. Por mi culpa se ha llevado a Julia. He debido saberlo, todo era una distracción. No eran importantes los lugares a donde íbamos, sino el camino. Quería que nos detuviéramos en la estación de gasolina. Es la única en la vía. Además, debió haber calculado lo que consumiríamos de la bahía al monasterio, que iríamos con prisa y que no nos detendríamos, pero ahora sí lo haríamos, una vez burlados en el monasterio. Ya no era necesario llegar a tiempo... o no tanto... Ya no sé lo que digo —confesó Hans. Su voz reflejaba su desesperación.

Se hallaba en la estación de gasolina donde Julia había desaparecido. La jefa Thousend estaba con él. Además de otros tres agentes del Buró.

—He debido saberlo porque en esa maldita película, *The Golden Egg*, el asesino se lleva a Saskia, a la víctima —se le quebró la voz al decir esa palabra—, de una estación de combustible.

Hacía tres horas que Julia había desaparecido.

El FBI la buscaba por todas partes. Había un operativo de

emergencia. Thousend no quería perder a la agente Julia Stein, aunque se temía lo peor.

Hans, como pudo, le contó su convicción de que el asesinato de Iris Coleman fue obra del mismo hombre que había matado antes, que continuaba la obra de Lorcan Cory y que se había asociado con Marcel Marshall.

La jefa Thousend lo comprendió de inmediato. No lo reprendió por no haberlo dicho antes. Ya eso no tenía sentido. Ahora lo importante era hallar a Julia Stein con vida. Eso hacía que también fuera importante dar con los paraderos de Víctor Kane y de Peter McCallister. Eran los principales sospechosos.

En medio de la conmoción y de la negativa de Hans de abandonar el lugar donde Julia desapareció, llegó una nueva información. En la cabaña de Coleman se había hallado una huella. Una huella que correspondía con uno de los dos sospechosos. La jefa Thousend se enteró primero porque la jefa del laboratorio forense la llamó para informarle.

—¿Qué sucede? —preguntó Hans cuando ella dejó el móvil.

—Han hallado una huella en la cabaña de Coleman.

—¿De quién? —preguntó Hans.

—De Peter McCallister.

2

Mi CABEZA IBA A REVENTAR de dolor.

Escuchaba como un zumbido. Y algo crepitaba cerca.

Abrí los ojos.

No podía ver nada. Pero sabía que estaba encerrada. Toqué las paredes de lo que me apresaba. Eran frías. Se sentían como de cristal.

Estaba enterrada viva, metida en una caja de cristal.

Un olor floral se desató de repente. Toqué mi pecho. Ya lo imaginaba. La imagen de Blanca Nieves, no la de uno de los cuentos del maldito *Pentamerón*, que nunca leí, sino la de los cuentos de hadas que conocí de niña. Ella, mi madre, los leía para mí. Y recordé a Blanca Nieves con una flor entre las manos en una cámara de cristal que construyeron para ella.

Aquella era una de las muertes más espantosas que alguien podría soportar. Morir asfixiada, en soledad. Comencé a gritar, a desesperarme. Pero luego intenté calmarme. Debía respirar despacio y conservar lo más posible el oxígeno.

Hans me encontraría. Eso me dije, pero no pude contener las ganas de llorar.

—¿Se ha sabido algo de Víctor Kane? —preguntó Hans.

—No. Aún no. Tal vez no haya desaparecido a voluntad. Quizás el propio Peter McCallister lo haya secuestrado o matado —dijo la jefa Thousend.

—Tengo que pensar. Tengo que pensar... Concentrarme. Debe haber algo que me oriente. Voy a quedarme aquí en este lugar. No puedo irme a ninguna parte.

—No puedes quedarte aquí, Hans. No es seguro. Si de verdad quieres encontrar a Stein, debes irte a la oficina, y desde allí te brindaré todo el apoyo posible y haremos todo lo necesario para dar con ella. Pero ya aquí no hacemos nada.

Hans sabía que ella tenía razón, pero aquel lugar era lo que todavía le quedaba de Julia; fue donde la vio por última vez.

En cuanto Julia desapareció, él había recorrido los alrededores varias veces, y no había logrado hallar nada, ni una sola pista. La dependienta de la tienda no había visto ni escuchado nada.

Cuando Hans vio que Julia no volvía, entonces lo comprendió. Que había caído en una horrible trampa, pero ya era tarde.

Intentando controlarse y no derrumbarse, accedió a ir a la oficina junto con Thousend. Ella dentro del coche le ofreció una botellita de agua y dos pastillas analgésicas.

—El dolor de cabeza va a empeorar si ya lo sientes, y si no, va a aparecer pronto. La tensión no perdona —exclamó. Daba la impresión de que ella había pasado antes por una situación igual de desesperada.

Hans tomó los medicamentos y los tragó con un sorbo de agua. Luego se quedó en silencio y tumbó la cabeza hacia atrás.

Comenzó a repasar las últimas horas, cuando habló con Peter McCallister. Repasó cada detalle de su piso y del barrio donde vivía. Volvió, en su cabeza, a ver al hombre vestido de negro, al que había coqueteado con él.

«Algo se me tiene que haber escapado», se repetía.

3

Las siguientes cuatro horas fueron terribles para Hans. Una constante lucha entre la desesperación y la necesidad de pensar claramente. Todos en el FBI dedicaban esfuerzos para dar con Julia. La jefa Thousend estuvo todo el tiempo al tanto de los avances.

En un momento en que se quedó solo, volvió a llamar a Anne Ashton.

—Anne, ¿qué hizo Peter McCallister cuando se quedó en Washington? ¿Venía regularmente? ¿Qué hacía? Él nos dijo que había estado en esta ciudad cuando ocurrió el asesinato de Stuart y Brannik.

—Sí. Ya lo hemos investigado. Su familia tiene una casa en Arlington. Viaja una vez al mes a Washington y una vez a Nueva York. Además de otros viajes que ha hecho al Caribe.

—Envíame las fotos que han tomado de su piso, por favor —pidió Hans—. ¿Han hallado su ordenador?

—Sí. Juliet Rice está en ello con el equipo de informática forense.

—Envíame los primeros reportes de la revisión de su ordenador, por favor —añadió Hans y cortó.

Anne sintió pena por él. Además de impotencia. No le gustaba sentirse así. Apreciaba a Julia Stein. Una vez la salvaron de las manos de un asesino y esperaba esta vez hacerlo de nuevo.

Luego Hans volvió a llamarla.

—¿Has preguntado a Alexis si ha podido comprender algo más? —Quiso saber.

—Sí, Hans. Pero no lo ha hecho. Tiene, como dice ella, la mente en blanco. Las dos lamentamos no poder ser de más ayuda. Seguimos buscando en Wichita y en las afueras tanto a Peter McCallister como a Víctor Kane. Hemos buscado en el parque en dónde fue visto por última vez Víctor, pero esta maldita niebla no ayuda… Ya te envío lo que me has pedido —completó Anne.

Al terminar la conversación, Hans se quedó esperando las fotos. Pensaba en la personalidad de McCallister; engreído, inteligente… podría ser. ¿Por qué estudiaría Filosofía? No era el típico estudiante de Filosofía. La atracción suscitada en él por Lorcan Cory sí la comprendía. Recordó que Peter le dijo que había ido a una conferencia que Hans dictó sobre los arquetipos criminales.

«Le interesaban las mentes criminales desde antes… tal vez desde siempre», se dijo Hans. Lo hizo en voz alta.

En ese momento, llegó a su correo electrónico una carpeta con los archivos fotográficos del piso de McCallister y el reporte de inspección:

Los objetos hallados sobre el escritorio de Peter McCallister se exponen a continuación (en orden de izquierda a derecha): florero de cristal con flores amarillas, libreta de cobertura negra sin uso, ordenador, teclado y ratón, taza con restos de café, portalápiz transparente con lápices, un pincel, una lupa, cuatro libros. Los libros hallados se exponen (en orden de izquierda a derecha): Perfiles criminales *del autor Hans Freeman,* Perfilación criminal *del autor Marc Loxley,* A sangre fría *de Truman Capote.* El caso de Lorcan Cory *del autor Edmund Gross. Los objetos hallados en la gaveta superior del escritorio se exponen (en orden de arriba abajo): una libreta de pósit sin escritura, una engrapadora, varios clips, varios discos Blue Ray. Los discos se exponen (en orden de superior a inferior):* La ley y el orden: Intento criminal. *Temporadas de la uno a la siete.* Alfred Hitchcock, *colección completa. Película* Otra vuelta de tuerca. *Película* Homicidio de acuerdo con el libro. *Película* La heredera. *Serie* Mentes criminales. *Temporadas de la uno a la tres. Película* The Golden Egg. *Los objetos hallados en la gaveta inferior se exponen (en orden de arriba abajo): hojas en blanco, varios lápices, un libro titulado* Arquetipo e inconsciente colectivo *del autor Carl Jung, el libro* Historia de una neurosis infantil (el caso del Hombre de los Lobos) *de Sigmund Freud.*

4

«Supongamos que la película *The Golden Egg* fue un requerimiento de Lorcan Cory, el hecho de que la viera para luego comentarla. De seguro fue así. Lo demás, los gustos de Peter McCallister parecen ser clásicos...».

Eso se dijo Hans, quien conocía todas las películas y los libros que habían encontrado en el piso de McCallister.

Volvió a repasar el listado de objetos que acababan de enviarle, y entonces lo comprendió.

—¡He sido un idiota! —gritó.

Salió corriendo de la oficina.

Tomó un coche y se dirigió al monasterio, donde más temprano había estado con Julia. No avisó a nadie a dónde se dirigía. Sabía que, lo que debía hacer, debía hacerlo solo.

Llegó al monasterio. Era de noche.

El acceso al *parking* estaba cerrado. Trepó la verja y cayó. Corrió hacia la escultura de Francisco de Asís y el lobo. Allí había un bulto, parecía un hombre. Estaba a los pies de la escultura y su espalda estaba recostada sobre ella.

Hans sacó la Glock.

Se acercó.

Era Víctor Kane. Estaba herido. Su pierna estaba empapada en sangre. Hans pudo ver una herida a la altura del muslo derecho. También en su hombro izquierdo.

Apenas estaba consciente.

—Hans, siempre serás mi amigo —alcanzó a decir antes de desmayarse.

Desperté mareada.

Me faltaba el oxígeno.

Sentía las piernas entumecidas y un hormigueo en las puntas de los dedos. El olor de la rosas sobre mí se hizo insoportable. Algo que suele resultar agradable, en aquella situación se convirtió en algo horripilante.

Entonces, vino a mi mente la imagen de Richard, mi hermano. Se reía y se burlaba de mí. Escuché su voz y su forma particular de llamarme «niña tonta».

Luego vi el rostro de mi madre sonriendo y el de Eldrige a su lado. Sería feliz. Eso me dije. Una lágrima fría escapó y corrió hasta mi cuello.

Después me despedí de Hans. Era esa la última idea que quería tener conmigo cuando muriera. Y me dije que iba a controlarme hasta el final, que no gritaría, que soportaría. Solo pensaría en Hans.

5

Cuando Víctor Kane abrió los ojos, Hans se hallaba junto a él. También estaba allí la jefa Thousend.

Otros agentes se hallaban puertas afuera.

Se encontraban en el Hospital Sibley Memorial. Víctor estaba fuera de peligro. Le explicaron que lo habían suturado y dónde se hallaba.

—Los dejo un momento —dijo la jefa Thousend y salió de la habitación.

Hans asintió. Su rostro parecía haber envejecido años. Las ojeras azuladas y la palidez de sus mejillas delataban el estado de nervios que lo consumía.

—Hans, ha sido Peter McCallister. Lorcan me habló de él. Y he debido verlo. Me dijo que tenía un discípulo. Me ha atacado mientras corría y luego me ha subido a un coche. Estuvo en movimiento muchas horas.

—Lo sé. Te trajo de Wichita a Washington. Has estado más de diecisiete horas en un coche. Debió haberte drogado y luego te llevó a ese lugar donde te encontré. Allí debió haberte propinado las dos heridas que por fortuna no afectaron órganos vitales, ni la arteria femoral —dijo Hans.

—¿Cómo supiste dónde encontrarme?

—Desde el principio me llamó la atención que Peter nos hiciera ir al monasterio. Se suponía que allí aparecería o se comunicaría con nosotros. Pero no fue así. ¿Por qué allí? Luego, un fraile apareció y dijo llamarse Franco Lanucci. En primera instancia, lo creí. No teníamos por qué no hacerlo. Luego el rapto de Julia lo inundó todo en mi cabeza y no volvería a pensar en ese «fraile». Los símbolos que Peter deja en las escenas han tenido que ver con los cuentos del *Pentamerón*. Y uno de ellos, en el que luego dio origen a *Hansel y Gretel*, figura un personaje llamado Lanuccio. Pero todo era un ardid. No era un fraile en realidad; sino un actor contratado en las redes que debía presentarse en el monasterio con esa vestimenta y decir que se llamaba de esa manera. En realidad, el monasterio es un lugar bastante desolado, a menos que se brinden visitas guiadas, y estas, sobre todo, tienen lugar en las tardes, y los fines de semana.

—¿Para qué tomarse tantas molestias? —preguntó Víctor al tiempo en que se movía un poco, visiblemente adolorido.

—Quiso hacer un efecto de tramoyista, de técnico de iluminación en un teatro. Apuntar los focos hacia un lugar y dejar a oscuras otro. Para que yo creyera que lo importante era estar allí en el monasterio. Que el objetivo era estar en ese lugar y luego, ante la no aparición de él, ni la llamada, me sintiera frustrado y bajara la guardia. Luego, convenientemente, vuelve a comunicarse y me pide que me dirija a otro lugar. Jugó con mi estado de ánimo, en el subconsciente. Ya me había engañado, y sabía que yo pensaría que el nuevo juego de dirigirme a la vía solitaria en Springfield también era otro ardid. Así bajé la guardia y cometí un error terrible. No preví que la idea era que repostáramos en la única gasolinera de camino, al menos la más visible. Reconozco que fue un cálculo arriesgado, pero le salió bien.

—¿Y qué tiene que ver eso conmigo? ¿Con dejarme allí? Has dicho que han raptado a Julia… ¿Dónde está ella?

—Luego pregunté qué habían encontrado en el piso de Peter, porque ya teníamos una huella suya, encontrada en la cabaña de Iris Coleman, una de sus víctimas que descubrimos recién. Y allí estaba un libro cuyo título menciona un lobo. Pensé en *El lobo de Gubbio*, el que domesticó Francisco de Asís. Y recordé la escultura. Entonces, me dije que aquel lugar iba a cumplir otra función. Una que no podría ver de primeras, sino después, cuando ya los actos estuviesen consumados. Es decir, cuando ya tú estuvieses muerto.

Hans hizo una pausa. Tomó aire y continuó.

—Lo que mueve a Peter es el odio y el deseo de venganza hacia mí. Eso lo aprendió de Lorcan Cory. Después de todo, fui yo quien hizo que pasara gran parte de su vida entre rejas. Peter deseaba que, dentro de meses o años, volviera a dar vueltas al caso y eventualmente me diera cuenta de la conexión entre el libro que dejó en casa para que la policía lo registrara y la escultura, que era imposible no ver si me dirigía, como de hecho hice, al arco de piedra del Monasterio Franciscano de Tierra Santa.

—Es decir, que iba a morir en tierra santa al menos… —bromeó Víctor. Después, como si se diera cuenta de que Hans no estaba para bromas, preguntó:

—¿Dónde está Julia? ¿Ya la has hallado?

—No. Aún no —reconoció Hans.

—Lo lamento —dijo Víctor y miró a Hans como si quisiera penetrar en su interior—. ¿Cómo alguien puede estar tan ciego de odio? Sé que en la vida pasan cosas que no deben pasar. Cosas que te destruyen, pero eso no da derecho a robar la vida de los demás —concluyó. Otra vez se movió e hizo un gesto de dolor.

—De alguna manera, para él lo que está haciendo es justicia —expresó Hans.

—Justicia para Lorcan. Ya. Sabes que él me había citado en el pozo. Yo tuve miedo y te dije que me acompañaras. Pero te juro que no sabía, no podía saber que nos íbamos a encontrar ese horror. Yo pensaba estar enamorado de él. De Lorcan. En ese tiempo, mi sexualidad estaba un poco difusa.

—Lo sé, Víctor. No tienes que explicármelo. He tardado en darme cuenta, pero ahora lo sé.

Luego de decir eso, Hans se apartó de la cama y dio varios pasos alrededor. Era un hombre casi destruido, pero no terminaba de caer. Como si algo todavía lo pudiese salvar; una mínima esperanza de encontrar a Julia con vida.

6

—Yo me he sentido así como ahora te sientes tú, Hans. Cuando murió James…

—¿Cómo era James? —preguntó de repente Hans.

—Era un chico único, maravilloso. Una gran persona, amable, curioso. Le gustaba la ciencia, la astronomía, la política, la historia. Como esos sabios de antes que lo querían saber todo —respondió Víctor con otra entonación de voz. El dolor de su cuerpo desaparecía cuando hablaba de su hijastro.

—¿Conoció este país?

—Oh, sí. No me hubiese perdonado no traerlo. Fuimos a Merritt Island, al NASA Kennedy Space Center, y a muchos otros. También conoció Nueva York. Quería mirarla con sus propios ojos…

—¿Washington?

—Claro. El monumento a Lincoln, la Casa Blanca… el museo… —Víctor calló y la puerta se abrió.

Rob Stonor se asomó e hizo una señal a Hans. Este asintió.

—¿Qué sucede? —preguntó Víctor.

—Nada. Continúan tras la pista de Julia —respondió Hans.

—¿Por qué no la estás buscando tú? —Quiso saber Víctor Kane.

—Sí lo hago. Hablando contigo. Espero que puedas decirme algo que me brinde alguna pista. Después de todo, has sido una de las últimas personas que estuvo con Peter McCallister. Por favor, intenta recordar cualquier cosa, cualquier detalle. Algo que hayas visto u oído, y que ahora no creas que es importante. ¡Algo! —gritó Hans.

Víctor lo miró, asombrado.

—Perdóname... Lo siento. Intento no perder la calma...

—No sabes cuánto te entiendo. James no murió en un accidente como te dije. Se suicidó. Porque fue víctima de acoso escolar. De uno brutal, muy cruel. Nunca me dijo nada, nunca lo supe. Y eso es lo que más me duele. Me lastima cada día que pasa. Cuando ni siquiera me he levantado de la cama, apenas abro los ojos, viene esa sensación de impotencia. Es inaguantable.

—Si no encuentro a Julia, sé que me sucederá lo mismo, Víctor.

—El chico, el líder de tres, que acosaba a James, era un chico modelo; deportista, inteligente, maduro. También podía creer que fuera el mismo que lastimaba a James. Y James, creo que se suicidó porque no quiso continuar viviendo en un mundo como este, en donde se hace daño por diversión. Creo que de alguna manera renunció a ser parte de esta especie humana que hoy habita. Era demasiado bueno para el mundo. O tal vez ha debido vivir en otra época menos violenta.

—Todas las épocas contienen una forma de violencia, Víctor —se apuró a contradecir Hans.

—Puede ser. Puede ser —repitió en voz más baja.

Hans caminó hasta la puerta y la tocó con dos golpes.

Entonces, esta se abrió.

La jefa Thousend, Rob Stonor y dos agentes aparecieron.

—Deja de fingir, Víctor Kane. Sabemos que eres el asesino —dijo Hans.

Su voz retumbó en la habitación.

7

—¿De qué estás hablando? —preguntó Víctor. Intentó sentarse en la cama.

—¿Cómo el asesino más inteligente al que me he enfrentado en mi carrera iba a cometer el error de dejar sus huellas en la cabaña de Iris Coleman? ¿Cómo un estudiante de Filosofía e Informática, un sujeto de mente despierta, obsesionado por la profundidad y la verdad, iba a suscribirse con las ideas psicoanalíticas de Jung y tener uno de los peores libros de Sigmund Freud para la escuela junguiana? O, al menos, a mi juicio. No, querido amigo. Fueron errores burdos. El de las huellas, imperdonable. El del libro, algo menor. Pero a todas luces, al menos para las mías, ese libro había sido puesto allí por alguna razón. Con la intención de que yo pensara en el lobo y te hallara. Ya habrías pensado en algo si no aparecía, para sobrevivir con esas heridas que tú mismo te infligiste, con cuidado de no tocar ningún órgano vital.

Víctor sonrió.

—Pues muy bien, Hans Freeman. Ya decía Lorcan Cory que eras el mejor. Pero te veo muy embriagado de victoria. Y has olvidado a Julia Stein. Nunca sabrás dónde está. Y a estas alturas, me temo, le quedan escasos minutos de oxígeno. Me he preparado para este momento como un asceta. Jamás te diré dónde encontrarla.

—No es necesario. Ya me lo has dicho. Ahora mismo están desenterrándola y debo irme para estar con ella. Tu cruzada sangrienta ha sido en vano. Y vas a pagar por la muerte de todas esas personas inocentes que has asesinado. Lamento lo de James, muchísimo.

—No lo lamentas. Ese chico era igual a ti, violentos taimados... —gritó Víctor al tiempo en que se levantaba de la cama, tumbando todo a su paso, movido por una enorme ira que por fin había emergido.

Los agentes lo controlaron y Hans salió corriendo en compañía de la jefa Thousend y de Rob Stonor. Un helicóptero los aguardaba en la azotea.

UNA PLAYA. Yo estaba en una playa desierta. Me metía en el mar. Era cálido. Iba a acabarse el frío que sentía, en los huesos, en todos mis órganos. Mi mano estaba sobre mi garganta, como si con eso pudiera producir más aire para no morir. Pero ya lo malo estaba pasando, la asfixia. Ya me estaba quedando dormida entre esas olas y podía respirar bajo el agua. Todo iba a acabar bien.

Mi vida iba a acabar bien...

8

El helicóptero aterrizó cerca del NASA Goddard Visitor Center. Allí había un camino poco transitado cercano a la carretera Springfield y la intersección con el Beaverdam Creek. Justo el lugar donde Víctor Kane había enviado a Hans y Julia antes de secuestrarla. Rob Stonor y su equipo habían rastreado el paseo de James Morrison y Víctor Kane cuando estuvieron en el país. Habían concluido, por el uso de las tarjetas de crédito de Kane, que habían pasado una noche en una casa de alquiler cerca del NASA Goddard Visitor Center. Esto, motivado por la conversación que Víctor Kane había tenido, inducida por Hans en el hospital.

Al chico le gustaba todo lo que hacía la NASA, y al preguntar si había conocido Washington, Hans dedujo que la mención en el mensaje de ese museo podía tener que ver con que para Víctor era un lugar conocido. Además de un espacio simbólico, que tenía que ver con la muerte del chico por ser la persona más importante en el mundo de Kane, y con la muerte de Julia Stein, la más importante para Hans.

La simbología del odio, la necesidad de juntar ambas pérdidas fue lo que derrotó a Víctor Kane, porque Hans fue capaz de traducir sus intenciones criminales. Nunca creyó que el asesino fuera Peter McCallister. Por supuesto, sin el trabajo efectivo del Departamento Forense de Investigaciones no hubiese podido dar con Julia.

Cuando Hans llegó al lugar, ya un equipo estaba excavando. Solo pedía que estuviesen actuando a tiempo. Lloraba y corría. No podía detenerse.

Comprendió que, si Julia moría, su vida se convertiría en una sombra para siempre. Eso era lo que buscaba Víctor Kane, su amigo de la infancia, para castigar a quienes como él habían cometido actos crueles en el pasado. Pero él no era un asesino, y había intentado toda su vida, exponiéndose y arriesgándose más que cualquiera, a apresar a criminales. Y Julia nunca había hecho mal a nadie.

«Ella no puede morir… no puede morir», se repetía.

Cuando llegó a la excavación, vio una urna de cristal. Allí estaba Julia con una flor sobre el pecho y otra a un lado de su cuerpo. No se movía. Tenía los ojos cerrados. Alguien lo contuvo porque Hans en medio de la desesperación intentaba romper el cristal.

—Espere, agente Freeman…, espere.

—Hans, retírate. Ellos saben cómo hacerlo —exigía la jefa Thousend.

Lo contuvieron, aunque él no dejó de moverse para zafarse.

En pocos minutos, el equipo especial abrió la urna sin romper el cristal. Vio como aplicaban maniobras respiratorias sobre Julia.

—Julia… Por favor… Julia —gritaba.

Rob Stonor estaba a su lado. Apartó una lágrima de su

rostro. Era la primera vez en mucho tiempo que Stonor lloraba.

—Julia… —volvió a gritar Hans.

En ese momento, pensó que había llegado demasiado tarde y se dijo que mataría a Víctor Kane. Él había vencido. Terminó despertando a un monstruo dentro de él.

9

Entre voces indistintas, de repente, se escuchó algo más.

Julia tosía.

Quienes contenían a Hans se relajaron un poco, y él aprovechó la oportunidad para correr hacia ella.

Sus rodillas chocaron contra la tierra. La vio abrir los ojos. No solo Julia estaba salvada, sino él. Lorcan Cory y Víctor Kane habían desaparecido de su cabeza para siempre, y con ellos, esa incesante intención de destrucción.

Comenzó a llover a cántaros. Pero Hans no sentía la lluvia ni el frío. Solo experimentaba la fuerza de un sentimiento imponente que lo volcaba hacia afuera, hacia Julia, lo curaba de sus culpas pasadas, lo concentraba en la trascendencia de ese momento. Nunca como entonces había reconocido el valor de estar vivo, aunque siempre había querido hacerlo.

Han pasado cuarenta y ocho horas desde que me salvaron de la muerte.

He hablado con mi madre, con mi hermano, con mi amiga Maddy, con Anne Ashton, con Alexis Carter y con muchas personas más. Incluso recibí llamadas de familiares de las víctimas de los asesinatos que hemos resuelto. Todos preguntando por mi estado. Me sentí valorada, querida.

Ya estoy recuperada.

Lo que más me sorprendió de las muestras de aprecio recibidas fue que el padre de Iris Coleman, un profesor de la Universidad de Washington, al enterarse que Hans y yo habíamos atrapado al asesino de su hija, envió a la oficina un obsequio para cada uno. Un libro que su hija había escrito y que publicó la misma universidad. Iris Coleman, además de intérprete y traductora, era filóloga. El libro se titula *Los nidos que aguardan* y llevaba una dedicatoria escrita por Isaías Coleman:

«Tal como solía decir mi hija Iris, la vida en sí misma está hecha de riesgos. Pero algunas personas se arriesgan más que otras. Mi hija era valiente y siempre estaba dispuesta a tener suerte. Amaba vivir. Este libro es hermoso, aunque no está bien que yo lo diga. De mi parte y de mi hija, lo dedicamos a quienes se arriesgan para que los monstruos con buenos disfraces obtengan su castigo y las personas amables puedan ser felices».

Fue de esas cosas inesperadas que la gente hace y que significan mucho.

Víctor Kane está preso, ha confesado todo. También reveló el lugar en donde encontrar el cadáver de Peter McCallister. Su idea era que siempre se pensara que Peter McCallister era el asesino en fuga, mientras que él estaría cerca de Hans para ser testigo de su desesperación y su ruina al no encontrarme. Había pensado decenas de pistas falsas para que

Hans nunca dejara de buscarme. Quería que su sufrimiento fuera eterno.

Este ha sido el asesino más cruel de todos los que hemos detenido. Lo peor es que el disparador del horror fue un buen sentimiento, su amor hacia James.

Hans y yo le dimos a Lorcan más importancia de la que tenía, y por ello puede decirse que nos distrajimos en la resolución del caso. Víctor lo que hizo fue contactar a Lorcan Cory, visitarlo en la prisión, con la idea precisamente de crearnos esa confusión. Lo importante no era el odio que Lorcan tenía a Hans, que ya era bastante grande, sino el suyo propio, porque para él, Hans era un verdadero monstruo, ya que lo comparaba con el chico que motivó el suicidio de James, quien luego aparecía pesaroso ante el suicidio del chico, el llamado Robert Tyler.

Además, era cierto que Víctor estuvo enamorado de Lorcan cuando adolescente. Este lo sabía y lo había invitado al pozo. Lorcan debió ver en Víctor instintos criminales y pensaría que era una buena idea contar con un amante joven, con un discípulo fiel dispuesto a aprender. Pero la presencia de Hans en el pozo lo trastornó todo.

El hecho de que Thalma Morrison hubiese abandonado a Víctor no fue tan importante para él, como lo pretendía hacer ver. Por eso Hans, al contarme lo que Stonor averiguó de la vida de Kane, había dicho que era él quien dejó a Thalma y no Thalma a él. Stonor debió hallar algo en las redes que le hizo concluir eso, aunque no fuera nada en concreto. A veces la intuición descubre cosas que la razón no conoce. Lo que realmente afectó a Víctor Kane fue la muerte de su hijastro.

Víctor Kane es un hombre letal, capaz de convencer a cualquiera de cualquier cosa. Es el asesino de los mil rostros. Logró corromper a Marcel Marshall, quien ya contaba con una alta dosis de resentimiento por su carrera estancada y porque a este sí dolía el abandono de su esposa. Logró matar a seis personas sin dejar ni una pista. Al chico del infarto en la piscina no lo mató él, el niño murió de muerte natural. Tal como Hans y yo habíamos deducido, solo quería crear esa duda en la mente de Hans para hacerlo sentir culpable. Creo que al final Víctor resultó vencido por su enorme deseo de hacer daño a Hans más rápido de lo debido. Aquello de la huella en la cabaña de Iris Coleman era imposible. Pero lo hizo porque necesitaba que Peter McCallister fuera la cabeza de turco. Ya había planificado mi rapto, estaría impaciente, y además era inminente que el vecino de Coleman viajara a la bahía como hacía siempre y encontrara el cadáver de Iris.

Cuando pienso lo milimétricamente planificado que estaban sus propósitos, me espanto. Tiene la mente asesina más pura, la más perfecta que he visto, capaz de predecir conductas, hechos, hasta ideas en las mentes de los demás. Cómo hizo para que Peter McCallister saliera de casa, aún no lo ha explicado. Creo que días antes debió haber fingido un encuentro casual con él y logró interesarlo sexualmente. Aquello debió ser una cita, y además le alertaría que estaban bajo vigilancia los dos por haber visitado a Lorcan Cory. Debió ayudarle a planear la fuga por medio del piso y el garaje de la vecina dueña del gato.

Víctor Kane ha matado de muchas maneras, con armas punzantes, con golpes mortales, con palizas. Imitaba el *Pentamerón* para seguir el delirio de Lorcan Cory. Estoy segura de que se divirtió haciéndolo. Si James no hubiera muerto, puede que en algún momento Víctor se hubiese convertido en un asesino después. Tal vez cuando el chico creciera y él dejara de ser importante para James. Así, el blanco de su venganza y odio tal vez no hubiese sido Hans, sino otra persona, a quien culparía de otra cosa. En ese sentido, Lorcan Cory tuvo buen tino cuando supo reconocer a un asesino perfecto y por eso lo invitó a participar del crimen de Mía Culp.

Puede que, si Hans no hubiese buscado a la policía el día del pozo, muchas otras personas estuvieran muertas el día de hoy. Dos inteligencias como las de Cory y Kane juntas habrían sido muy difíciles de vencer.

10

A LAS OCHO de la noche, esperaba a Hans en casa.

Me había dicho que debía contarme algo importante.

Reconozco que estaba algo nerviosa.

Llamó a la puerta, en punto.

Abrí.

Entró y me abrazó. Luego me besó.

Caminamos a la sala.

Le ofrecí un trago de *whisky*. Lo aceptó.

Yo tomaba vino. Fui a buscar el trago para él y luego nos sentamos juntos en el sofá.

—Tengo que decirte algo… —comenzó.

Lo miré expectante.

—Voy a retirarme del Buró. No puedo seguir haciendo esto. Con todo lo que ha pasado, he llegado a comprender que, aunque haya hecho un buen trabajo todos estos años, para mi salud, para mi vida, lo mejor es que no siga obsesionándome con los casos de asesinatos. Porque Lorcan Cory tenía razón, y Víctor Kane también, en parte. Sigo siendo el chico de la piscina que nada casi congelado donde nadie lo hace, solo porque debe llegar a la meta, al otro extremo de la piscina… siempre. Y necesito descansar, dejar de correr, dejar de nadar…

—Necesitas flotar —interrumpí.

—Sí. Algo así —convino y sonrió.

—Creo que tengo que cambiar. Además, también me quitaré la barba…

—¿Qué has dicho? —lancé.

—Te he visto mirarla alguna veces y creo haber interpretado bien tus pensamientos. Te has preguntado cuánta juventud ganaría mi apariencia si ella no me acompañara.

—Eso es cierto —confesé y sonreí.

No me creía que estuviésemos llevando esa conversación. Hans sin barba y, sobre todo, sin el FBI. Demasiado.

—¿Y qué harás? ¿Retirarte a cultivar? —bromeé.

—Puedo dedicarme a formar, a dar clases. Tengo una buena oferta en Londres. Ya lo sabes. He pensado en aceptarla un tiempo a ver qué tal.

—Pues acéptala si quieres —respondí, atropellando mis palabras.

¿Es que Hans me estaba diciendo que nos separaría un océano? Era posible. Después de todo, no habíamos acordado nada entre nosotros.

—Te pediría que te fueras conmigo, pero tu mundo es este. Eres mejor que yo, ya te lo he dicho. La forma como descubriste el asunto de los cuentos de Basile será mi primera clase a donde vaya. Y de verdad, para mí sería maravilloso que continuaras atrapando a los malos, porque yo podría dejar de hacerlo.

Lo miré sin entenderlo.

—Jamás pensé que una canción pudiera de una forma tan fiel retratar lo que uno siente. Debe ser por eso que la música existirá hasta que nos extingamos como raza. Y dados tus gustos musicales, he estado cultivándome en ellos —reconoció, divertido.

Luego exclamó:

—«Recuerdo estar ahí tirado, deseando ser otra persona, tratando de encontrar alguna manera para escapar... si te pregunto amablemente, ¿crees que podrías mostrarme cómo volar? Porque el polvo pesa sobre mis alas y estoy demasiado cansado para intentarlo...».

Sabía a qué canción se refería. Y era cierto que me gustaba.

También comprendí lo que sentía.

Recordé de repente las palabras de Alexis Carter:

«Sabes que solo tú puedes hacer que termine».

Era verdad, yo en el fondo lo sabía. Hans necesitaba cambiar, con la confianza en que había hecho su trabajo de la mejor manera posible. De una forma brillante. Pero esta confianza solo era posible si de alguna forma era relevado por mí. Estaba segura de que a nadie le había pedido eso jamás y a nadie más se lo podría pedir. Era como si su misión en el FBI más importante hubiese sido encontrarme, prepararme, valorarme y dejarme en su lugar para entonces él dejar de «nadar».

—¿Cómo avanzaríamos en una relación a distancia? ¿Podríamos? —cuestioné.

—Puedo viajar todos los meses, una o dos veces. Puedo quedarme meses aquí y concentrar las clases y los seminarios en algunas épocas del año. Tendría libertad para hacerlo, para estar a tu lado cuando tú lo quisieras. Además, podría ayudarte a resolver tus casos, pero sabiendo que no son míos. Que no son mi responsabilidad. Eso en el caso de que necesitaras ayuda, que ya creo que no la necesitarás... —respondió.

Quería cambiar, pero me quería junto a él en ese cambio.

—Probemos —respondí al tiempo en que terminaba mi copa de vino.

No hay nada de malo en querer cambiar para obtener la vida que se desea.

Fue lo que hice al ingresar en el FBI, y es lo que Hans quiere hacer ahora. Eso de vivir de verdad, de cambiar y buscar lo que conmueva, lo que satisfaga. Eso, de alguna forma, se lo debemos a las víctimas de los asesinos que hemos cazado. La mejor forma de hacer justicia quienes estamos vivos es que vivamos de verdad, y no a medias.

—Probemos… —repetimos los dos al mismo tiempo.

FIN

Si quieres leer todas las novelas de la serie, las puedes obtener aquí:

https://geni.us/serieJuliayHans

NOTAS DEL AUTOR

Espero hayas disfrutado la lectura de esta novela.

Si te gustó mi obra, por favor déjame una opinión en Amazon. Las críticas amables son buenas para los autores y los lectores... y un estudio reciente (realizado por mi persona) también indica que escribir una opinión positiva es bueno para el alma 😊

A continuación te comparto los enlaces de Amazon donde podrás escribir tu opinión:
Amazon.com
Amazon.es
Amazon.com.mx

¿Sabías que ahora también puedes disfrutar de mis historias en audiolibros? Te invito a gozar de esta experiencia con mi relato *Los desaparecidos*. Escúchalo **gratis** aquí: https://soundcloud.com/raulgarbantes/losdesaparecidos

Finalmente, si deseas contactarte conmigo puedes escribirme directamente a raul@raulgarbantes.com.

Mis mejores deseos,
Raúl Garbantes

amazon.com/author/raulgarbantes

goodreads.com/raulgarbantes

instagram.com/raulgarbantes

facebook.com/autorraulgarbantes

x.com/rgarbantes

ÍNDICE